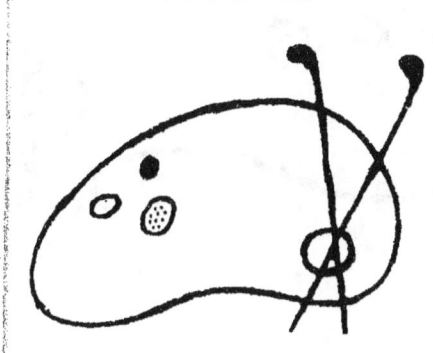

Début d'une série de documents
en couleur

COUVERTURES SUPERIEURE ET INFERIEURE D'IMPRIMEUR

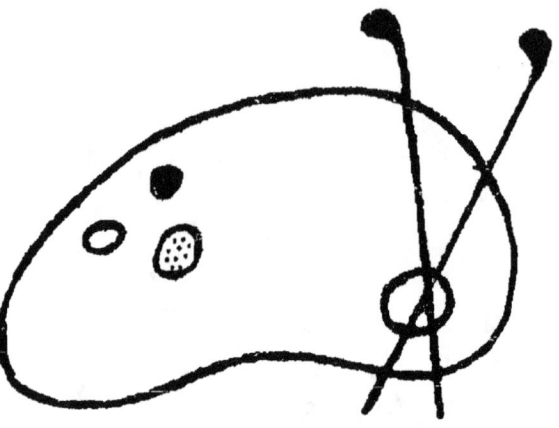

Fin d'une série de documents
en couleur

JOURNAL

DU

CAPITAINE KERLAIC

1re SÉRIE IN-8°.

JOURNAL

DU

CAPITAINE KERLAIC

OU LES

NAUFRAGÉS DU GOËLAND

PAR P. LAVAYSSIÈRE

QUATRIÈME ÉDITION.

LIMOGES
EUGÈNE ARDANT ET Cⁱᵉ, ÉDITEURS.

INTRODUCTION.

Après avoir soutenu un combat acharné contre une esca-
drille de pros, montée par des pirates malais, le navire
le *Goëland*, presque désemparé, et ayant perdu la moitié
de son monde, avait pris chasse à la faveur de la nuit, et
était allé se heurter sur des îles basses où il resta ensablé.

Le nombre des hommes en état de résister ne s'élevait
plus qu'à quinze ; celui des blessés, à vingt et un.

Ces restes d'un bel équipage se trouvaient donc dans une
de ces positions critiques dont les hommes de mer peuvent
seuls connaître les dangers. L'île contre laquelle le navire
était venu s'ensabler était, comme nous l'avons dit, basse
et à peine élevée au-dessus de la haute mer ; des palétu-
viers, des mangliers couvraient les parties les plus basses :
au-dessus de cette verdure, on découvrait les hautes cimes
des cocotiers et d'autres arbres des tropiques ; puis, au-delà,
et comme perdues dans l'horizon, s'élevaient de hautes
montagnes nuageuses qui devaient former la charpente
d'une île plus considérable, dont les naufragés ne purent
connaître le nom ni la distance.

Ils reconnurent bientôt qu'il leur serait impossible de

relever leur navire, autour duquel les longues vagues de la
haute mer entassaient des sables qui, dans l'espace de quelques heures, s'étaient élevés de plus d'un pied. Dépecer le
navire, faire un radeau ou une embarcation quelconque
avec ses débris, leur parut la seule ressource qui leur restait.

Après l'abattement qui succède toujours à un naufrage,
l'instinct de la conservation vint relever les courages, et
l'on se mit activement au travail. Un nouveau danger vint
les menacer... à l'horizon apparurent de petits points noirs ;
la longue-vue permit de reconnaître les pros des pirates
malais, auxquels ils croyaient avoir échappé. Ces pirates
étaient à leur recherche, ils ne purent en douter. Aussitôt
on abattit ce qui restait dans les mâtures, ne laissant en vue
que le moins possible du navire... peut-être échapperaient-
ils ainsi aux recherches des pirates ; puis on descendit à
terre des provisions, des armes, et tout ce que l'on put enlever d'utile du navire.

Les pirates disparurent durant quelques heures ; mais
vers le soir leurs pros se montrèrent distinctement sous les
rayons du soleil couchant ; ils cinglaient vers l'île où se
trouvaient les naufragés. Quelle résistance pourraient faire
quinze hommes valides, écrasés de fatigues et de privations,
contre une douzaine de pros montés chacun de vingt-cinq
à trente hommes? D'un commun accord, ils résolurent de se
réfugier à terre, et d'y prendre une position où ils pourraient
se défendre avec moins de désavantage que sur un navire
ensablé et tellement penché qu'on ne pouvait se tenir debout sur le tillac.

L'approche du danger redoubla leur énergie. Tandis que
quelques hommes descendus à terre cherchaient une position favorable pour la défense, les autres transportaient du

vaisseau les blessés et tout ce qu'ils jugaient nécessaire à leur conservation.

Ils eurent bientôt la triste certitude qu'ils n'avaient point échappé aux recherches des pirates ; car, aux premières ténèbres de la nuit, ils découvrirent les feux des pros à une distance assez rapprochée.

Les naufragés s'étaient établis dans un massif humide de mangliers qui pouvait les dérober à la vue des Malais ; mais leur navire était là qui accuserait leur présence, et les pirates ne manqueraient pas de faire des battues dans l'île.

Ils avaient enlevé du navire tout ce qu'ils pouvaient désormais espérer d'enlever : il y restait encore plusieurs barils de poudre ; ils prirent le parti des les faire sauter. Peut-être les Malais croiraient à la destruction de l'équipage, et, n'ayant rien à piller sur un navire détruit, se retireraient-ils. Dans les dangers extrêmes on a recours aux moyens extrêmes ; l'homme de mer projette et exécute promptement.

Tout-à-coup, au milieu des ténèbres, une grande lueur s'éleva sur le navire, la flamme s'étendit sur toutes les parties qui pouvaient lui servir d'aliment, et peu après une épouvantable explosion lança dans l'air des brandons emflammés, et poussa une gerbe de flamme à une grande hauteur. Ce fut un horrible feu d'artifice. Quelques minutes après, les ténèbres régnaient sur les flots, et l'on n'apercevait plus, au loin sur l'océan, que la flamme vacillante des pros des Malais.

Le reste de la nuit fut activement employé par les naufragés à cacher leur retraite, à la mettre en état de résistance, et à se préparer à une lutte suprême ; car il n'y avait point à attendre d'humanité de la part de ces féroces pirates.

Les mangliers forment, par l'entrelacement de leurs rameaux et de leurs racines, des lacis inextricables, et par conséquent des espèces de fortifications que le fer et le feu peuvent seuls détruire. Au moyen des branches coupées, ils avaient formé une espèce de plancher au-dessus du sol humide, et par leur entrelacement avec les branches pendantes un obstacle au passage et aux regards. La route battue par leurs pieds pouvait seule les trahir.

Les blessés furent étendus sur des branches recouvertes de voiles et de tout ce qui pouvait les soustraire à l'humidité, et les hommes valides postés de la manière la plus avantageuse pour repousser une attaque.

Malgré les anxiétés, le besoin de sommeil se fit si vivement sentir que, vers le point du jour, tous les yeux étaient fermés dans ce fort improvisé, et ce furent les cris des pirates qui les éveillèrent.

Ceux-ci s'étaient rendus sur les débris du navire, et ne trouvant, ni sur la grève ni sur les flots, aucun corps des naufragés, ils avaient soupçonné qu'ils s'étaient réfugiés dans l'île, après avoir enlevé du navire tout ce qu'il y avait de précieux.

Par un bonheur providentiel, la haute mer, qui était venue baigner à une certaine hauteur le lieu de leur retraite, effaçait toute trace de passage et ôtait aux Malais l'idée que les naufragés s'étaient réfugiés au milieu des mangliers dont les pieds baignaient dans l'eau. Ils se répandirent dans l'île, et, soit qu'ils soupçonnassent qu'ils s'étaient réfugiés dans leurs embarcations vers un autre point de l'île, soit qu'ils crussent qu'ils avaient tous péri, ils tournèrent leurs recherches d'un autre côté, et finirent par y renoncer; car les naufragés découvrirent, vers le milieu du jour, leurs pros en mer et à une assez grande distance. Quand ils les eurent perdus de vue, ils sortirent de leur retraite humide, afin d'établir un campement dans un lieu moins insalubre, de prendre quelque nourriture, et de donner des soins aux blessés.

Quel ne fut pas leur étonnement lorsqu'ils trouvèrent, dans un échancrement du rivage, un pros solidement amarré rempli des débris de leur navire et d'autre butin. Il leur parut supposable que les pirates, qui, dans le combat soutenu contre eux, avaient aussi perdu beaucoup de monde, avaient abandonné ce pros pour compléter l'équipage des autres, et laissé ce butin dans l'intention de revenir pour l'enlever. Il fallait donc s'attendre à leur retour. Les uns proposèrent de se servir de cette grande embarcation pour s'éloigner de l'île et gagner les hautes terres qu'ils avaient en vue ; d'autres allaient proposer sans doute un autre avis, quand un matelot s'écria que les pirates apparaissaient à l'horizon. On interrogea l'espace avec la lunette, et tous, après avoir examiné attentivement, déclarèrent que c'était un navire entouré des pros des pirates qui les avaient attaqués, ou d'autres de la même nation, car ils infestent ces mers. L'incertitude cessa ; des jets de flamme prouvèrent que le combat était engagé, et que le navire faisait usage de ses canons. La lutte ne fut pas de longue durée ; le navire avait cessé son feu : les Malais s'en étaient rendus maîtres.

Il fut aisé de reconnaître qu'ils dirigeaient leur capture vers l'île ; et les naufragés, qui avaient eu une lueur d'espérance, se virent dans la nécessité de rentrer en hâte dans leur retraite, en dissimulant autant que possible la trace de leur passage.

Les pirates passèrent la nuit en vue de l'île, où ils ne pouvaient faire arriver leur capture.

Le jour suivant, de grand matin, leurs pros se mirent er
mouvement, et le navire s'approcha de la terre. Les naufragés, qui pouvaient les observer, remarquèrent qu'ils en-
voyaient dans l'île un pros chargé d'Européens garrottés.
C'étaient les prisonniers épargnés après le combat. Ceux-ci
furent jetés comme des ballots sur le sable, et les Malais
se mirent à dépouiller le vaisseau capturé et à transporter
le butin à terre.

Vers le soir, le rivage fut témoin d'une scène sauvage.
Les pirates, gorgés de nourriture et probablement des liqueurs trouvées dans le vaisseau, se mirent à pousser des
cris affreux, puis à se livrer à des disputes qui dégénérè-
rent en luttes sanglantes. Le partage du butin les avait sans
doute occasionnées. Plusieurs prisonniers furent massacrés,
et la lutte se prolongea à la clarté des feux allumés sur le
rivage.

Les naufragés se consultèrent entre eux pour savoir s'ils
ne profiteraient pas de ces circonstances, afin de tenter de
délivrer les prisonniers qui restaient encore, et, avec leur
aide, de surprendre et de détruire les Malais. Ce parti hardi
ne fut pas approuvé du plus grand nombre ; l'énergie se
trouvait abattue par les souffrances, les privations et les
anxiétés. « Restons dans cette retraite jusqu'au départ des
pirates, puis nous aviserons aux moyens de gagner les îles
que nous avons en vue ; » ainsi conseillaient ceux qui trouvaient trop dangereux le parti proposé. Mais il y a toujours
dans les réunions d'hommes des caractères que le malheur
ne peut abattre, et qui finissent par communiquer leur
énergie aux plus timides. Quoique ceux qui avaient fait la
proposition de surprendre les pirates tandis qu'ils étaient

livrés à l'orgie et en dissension entre eux fussent seulement au nombre de trois, ils persistèrent avec tant de force dans leur opinion que les autres finirent par s'y ranger. Malheureusement le capitaine et les autres chefs se trouvaient aussi au nombre des blessés : ainsi les projets dépendaient de la manière de voir de chacun. Ils perdirent un temps précieux à proposer et à repousser les moyens d'attaque mis en avant par chacun; ils s'arrêtèrent enfin à celui-ci. Tous les hommes en état de combattre se porteraient en silence sur le point où les pirates se trouvaient réunis; on tâcherait de délivrer d'abord les prisonniers, à qui on donnerait aussitôt des armes, puis on tomberait sur les pirates surpris et encore affaissés par leur orgie et leurs luttes du commencement de la nuit. Il fallut ensuite choisir un chef, et, contrairement à ce qui se passe dans la société, personne ne voulut l'être. Le temps favorable s'en allait en pure perte. Un jeune matelot, impatienté de toutes ces vaines discussions, dit qu'il irait seul explorer les ennemis, et qu'il reviendrait rendre compte de leur situation; un autre se joignit à lui, et ils quittèrent leur retraite bien armés, et décidés à vendre cher leur vie si elle se trouvait menacée.

La nuit touchait à sa fin, l'obscurité était profonde, les feux des pirates éteints, et le plus grand silence régnait de tous côtés.

Le lieu où les prisonniers devaient se trouver était plus rapproché de la retraite des naufragés que le campement des Malais; ce fut vers ce point que se dirigèrent les deux matelots. Il était facile de le trouver sur une grève unie où ne s'élevait aucun arbrisseau; tout semblait dormir. Le premier homme qu'ils trouvèrent était un Malais étendu sur le sable et profondément endormi. Ils passèrent outre, ne voulant pas le tuer, de crainte qu'il ne fît du bruit et n'éveillât les autres gardes. Arrivés auprès des prisonniers, ils éveillèrent doucement le premier, en coupant les cordes qui le garrottaient, et lui mettant la main sur la bouche pour arrêter toute exclamation. Ils furent compris, et les couteaux passèrent rapidement de main en main... Ces hommes étaient Anglais.

Tout allait pour le mieux, quand un des gardes s'éveilla et fit entendre un bâillement bruyant. Quelle que fût l'attention que les matelots et les prisonniers missent à ne pas faire de mouvements, cependant l'attention du Malais fut attirée par un léger bruit. Il se leva, et fit lentement le tour de l'espace occupé par les prisonniers. Ceux-ci s'étaient rejetés sur le sable et restaient immobiles. Le Malais s'éloigna un peu et s'avança vers le campement des pirates; les autres gardes ne s'étaient point éveillés, ils n'étaient plus que deux. Le premier Malais revint, et heurta, en passant, le corps d'un des deux matelots étendus sur le sable, à côté des prisonniers; celui-ci ne bougea pas. Le Malais alla reprendre sa première place, et parut bientôt s'être endormi.

Tous les prisonniers se trouvant débarrassés de leurs liens, attendaient qu'on leur donnât un signal quelconque pour agir. Ce fut alors que les deux matelots se traînèrent doucement vers les gardes, suivis des Anglais; deux coups de poignard les égorgèrent. Restait le troisième, un peu plus éloigné du groupe. Il se leva sur son séant, cette action n'avait pu se faire sans bruit, et se porta vers les prisonniers; les deux matelots le terrassèrent. Il ne poussa qu'un seul cri, mais il suffisait pour donner l'éveil à ceux du campement. Mais ou le sommeil des Malais était trop profond pour être troublé, ou ils n'entendirent pas le cri de leur compagnon.... Tout rentra dans le silence de la nuit.

Ils enlevèrent promptement les armes des pirates égorgés

et parurent indécis du parti qu'ils allaient prendre ; ils n'avaient pas compté sur un pareil succès.

Le jour allait apparaître ; les deux matelots firent comprendre à ceux qu'ils venaient de délivrer qu'il fallait les suivre, en se traînant sur la grève jusqu'aux massifs d'arbres. Cette retraite s'exécuta sans attirer l'attention des pirates.

Les autres naufragés furent surpris de voir arriver leurs deux compagnons et vingt-trois hommes délivrés ; ils avaient des armes enlevées du vaisseau naufragé, ils les en armèrent à la hâte, et se préparèrent à ce qui devait arriver, quand les Malais connaîtraient les événements de la nuit.

Ils n'attendirent pas longtemps : de violentes clameurs leur apprirent bientôt que les pirates avaient trouvé les cadavres de leurs camarades, et qu'ils étaient à la recherche des fugitifs. Les traces laissées sur le sable les amenèrent à la lisière des mangliers. Les naufragés purent les compter ; ils étaient au nombre de cent dix.

Dès qu'ils eurent la certitude que les fugitifs s'étaient réfugiés dans ce labyrinthe de troncs et de rameaux, les pirates, persuadés qu'ils n'avaient point d'armes, s'y aventurèrent imprudemment. Un feu roulant les fit bientôt battre en retraite et songer à un autre moyen d'attaque. Bon nombre des leurs restèrent ou tués, ou blessés, au milieu de ce lacis d'arbres et de racines.

Le bruit de la fusillade tira le capitaine du navire de la torpeur où il était resté depuis qu'il avait été blessé ; il se fit porter au milieu des hommes valides, et, après avoir pris connaissance de la situation des naufragés, il proposa un plan qui fut adopté : ce fut de quitter la retraite qu'ils occupaient, de remonter le long du rivage, et d'atteindre les parties les plus hautes de l'île. « Les pirates, ajouta-t-il, ont, dans le combat contre notre navire, perdu beaucoup de

monde; ils ont aussi fait des pertes dans le combat contre le
navire anglais; enfin, dans leur dernière attaque, leur perte
a été considérable. Ils doivent donc être réduits à un nombre
de combattants que nous pourrons repousser si nous occu-
pons une position avantageuse. Quant à rester dans cette retraite, c'est condamner à mort nos blessés. Sortons donc de
cette position, où les pirates nous tiendront assiégés et nous
auront par la famine; mais sortons-en avant qu'ils aient le
temps de revenir de la surprise que leur a causée la résistance à laquelle ils ne s'attendaient point. »

On se mit sur-le-champ à l'œuvre, et à la chute du jour
les naufragés, les prisonniers anglais et les blessés se trouvaient établis sur un point culminant, sans que les Malais,
qui gardaient les approches inférieures des massifs de mangliers sans oser les aborder, se fussent aperçus de ce changement de lieu.

La nuit, ils allumèrent des feux qui permirent de remarquer que les pros se trouvaient à une assez grande distance, et abandonnés dans les anses du rivage. Plusieurs
naufragés allèrent reconnaître si cet abandon était entier,
et revinrent annoncer que les pros se trouvaient sous la
garde d'un petit nombre d'hommes. Le capitaine, qui avait
repris toute son énergie, fit construire des brancards pour
transporter les blessés, et, divisant la troupe en deux corps,
il les fit descendre, l'un vers le sud avec les blessés, et
du côté opposé à celui que les pirates occupaient, et l'autre
qui se rendit entre les pros et le campement des Malais.
Ceux-ci étaient trop occupés pour s'apercevoir de ce qui se
passait : persuadés que les Européens, avec leurs richesses,
se trouvaient dans le fourré des mangliers, ils travaillaient
à les en déloger par le feu. Déjà les amas de bois au moyen
desquels ils comptaient mettre le feu aux massifs des man-

gliers commençaient à jeter des flammes, quand les Européens se trouvèrent en mesure d'agir. Par un heureux hasard, le vent poussait la fumée sur les pros, l'humidité de
la nuit la condensait, et elle s'abattit sur la terre ; les quelques gardes furent facilement surpris et massacrés, et déjà
les blessés étaient embarqués sur trois pros, quand une
flamme brillante s'éleva tourbillonnante au-dessus des mangliers, et fut saluée par les cris sauvages des pirates. Ce fut
à la demi-lueur de cet incendie que les Européens s'embar-
quèrent et prirent le large. Ils emmenaient tous les pros,
quoique la moitié leur eût suffi pour tout leur monde ; mais,
outre que les autres étaient chargés de butin, ils ne voulurent pas laisser aux pirates les moyens de les poursuivre.
N'ayant pas assez de bras pour ramer vigoureusement, ils
se trouvèrent seulement à quelques milles du rivage quand
le jour parut et fit connaître aux pirates les événements de
la nuit.

Quand le soleil fut sur l'horizon, on se trouvait à environ
deux lieues d'une île d'une grande étendue. A l'aide de la
lorgnette, on ne découvrit que des montagnes dénudées,
âpres, et sans aucune apparence de végétation ; la partie de
la côte qu'ils avaient en vue ne présentait que des végétations rabougries et des rochers sur lesquels la mer brisait
horriblement. Il fallut se diriger vers le sud, en évitant les
brisants qui s'offraient de tous côtés. L'aspect de l'île ne se
présentait guère plus favorablement ; mais on y découvrait
des arbres, çà et là des apparences de verdure ; il y avait
même une échancrure dans les terres qui pouvait offrir un
port aux Européens ; mais rien n'annonçait que cette île fût
habitée.

Le débarquement se fit sur une plage unie, sur laquelle

ils purent établir des tentes pour abriter les blessés et les malades.

On fit l'inspection du butin contenu sur les pros ; les Français et les Anglais y trouvèrent ce qui avait été enlevé de leurs vaisseaux. Le partage s'en fit équitablement, et ce fut peut-être un malheur ; car, à partir de cet instant, les Anglais commencèrent à faire bande à part. Le nombre des Français, en y comprenant les blessés, était supérieur à celui des Anglais ; mais parmi ces blessés plusieurs ne pouvaient espérer de rétablissement qu'à la longue.

Les Anglais demandèrent aussi le partage des pros enlevés aux pirates. Le capitaine français, comprenant que ces hommes lui seraient un embarras par leur orgueil national et la sécheresse de leur reconnaissance, accéda volontiers à cette proposition. Il y avait six pros, ils furent tirés au sort, et immédiatement après deux petits camps furent établis sur la grève et les pros amarrés séparément.

Cette désunion, en affaiblissant les forces des Européens, rendait leur résistance moins sûre, dans le cas où cette grande île serait habitée par des populations inhospitalières ; mais, d'un autre côté, l'union serait plus intime entre gens de même nation, et offrirait par conséquent plus de facilité à l'action, et peut-être plus de chances de salut.

Le capitaine Kerlaic, ainsi se nommait le commandant du vaisseau français, était un homme intelligent et énergique : ses blessures l'avaient jusqu'alors relégué parmi les blessés ; mais la force du tempérament, la puissance de la volonté, le mettait alors en état d'agir. Il reprit le gouvernement, et la petite troupe reçut une direction d'ensemble approuvée par tous les naufragés français.

Nous laisserons désormais parler le capitaine

JOURNAL

DU

CAPITAINE KERLAIC.

I

Les services attachent ordinairement les hommes aux
hommes, sauf les natures perverses et les antipathies natio-
nales. Il a existé de tout temps une de ces antipathies entre
le Français et l'Anglais. Je partageais cette répulsion prise
dès l'enfance, et je vis avec une sorte de satisfaction les Anglais se séparer de nous. Nous pouvions compter vingt-six
hommes valides, et encore quelques blessés que le régime
doux menait à un prompt rétablissement. Ce que nous avions
enlevé au navire, en munitions, vivres et armes, était plus
que suffisant pour la défense et l'entretien durant un mois;
les trois pros qui nous étaient échus en partage pouvaient
largement recevoir nos hommes et nos bagages : ces pros
étaient peu endommagés, chacun d'eux avait deux petits
canons; ils pouvaient nous assurer une longue navigation.
J'espérais donc sortir de cette île, soit en faisant usage de

nos pros pour atteindre un comptoir européen établi sur les côtes des Indes, soit par la rencontre de quelque navire en mer. Nos gens s'occupèrent activement de réparer les avaries et de préparer toutes les commodités nécessaires pour une longue navigation. Quelques hommes s'avancèrent dans le pays pour l'explorer, et nous rapportèrent un peu de gibier, des fruits et du pourpier trouvé dans une vallée marécageuse. La mer nous fournissait des coquillages et parfois du poisson, ce qui permettait d'épargner nos provisions.

Trois jours s'écoulèrent ainsi ; le temps avait été entremêlé de beau et de pluie. Le matin du quatrième jour, nous aperçûmes les Anglais en pleine mer, ils étaient partis de nuit, pour se soustraire au regret d'être ingrats. Nous ne les regrettâmes point ; mais ce lâche départ augmenta contre eux notre haine nationale. Le temps se chargea de la punition. Un grain subit, comme ceux qui s'élèvent sur ces mers inconstantes, passa avec une telle violence que nous crûmes qu'ils allaient être tous engloutis. Nous ne nous trompions pas de beaucoup, ainsi qu'on le verra sous peu.

Leur départ avait été si précipité qu'ils avaient laissé deux fusils, plusieurs haches et d'autres ustensiles dans leur campement. Cependant nos gens faisaient des incursions dans le pays, car je n'osais pas me mettre en mer à la fin d'une saison que mon expérience m'avait appris être contraire aux navigateurs qui veulent se rendre aux grandes Indes ; la mousson soufflait contraire.

Vers le soir du sixième jour, nous eûmes en vue deux embarcations que nous reconnûmes être les pros des Anglais. Elles cinglaient vers notre relâche ; leur marche n'était ni facile ni rapide ; le grain les avait probablement endommagées. Ce fut notre pensée. La manière dont ceux qui montaient ces embarcations nous avaient quittés nous indiquait celle avec laquelle nous devions les recevoir; nos travaux continuèrent, et nous n'eûmes pas l'air de faire attention à eux quand ils abordèrent au point de la côte d'où ils étaient partis. Nos gens, qui avaient découvert des contrées fertiles vers l'ouest de l'île, demandèrent qu'on y conduisît nos pros; on pourrait y trouver un supplément de provisions, en attendant une mousson favorable; et, par un sentiment qui peignait bien leur mécontentement contre les Anglais, d'un consentement unanime ils me prièrent de partir au point du jour suivant, ce qui eut lieu. Nous rendîmes ainsi aux Anglais politesse pour politesse.

La côte sur laquelle nous abordâmes avait un aspect tout différent de celle d'où nous étions partis; elle offrait des abris à nos pros et une eau tranquille.

Une exploration du pays nous y fit découvrir des arbres fruitiers, bananes, fruits à pain, et presque tous ceux de ces latitudes brûlantes; mais en même temps nous acquîmes la certitude que l'île était habitée. La conduite des navigateurs européens qui ont visité les nations qu'ils nomment sauvages n'a pas toujours préparé un bon accueil à ceux qui viennent après eux; nous en fîmes l'expérience.

Dès que nous fûmes découverts, des naturels apparurent sur plusieurs points, se réunirent et marchèrent vers nous en grand nombre, et dans des intentions peu pacifiques. La petite baie où nous étions à l'ancre était assez large pour que nous fussions à l'abri des traits, en nous tenant au milieu. Nous ne voulions point d'hostilités, mais nous étions disposés à les repousser vigoureusement. Ils couvrirent bientôt le rivage, au nombre de plusieurs centaines, et n'épargnèrent ni les provocations ni les menaces. Leurs traits n'arrivaient pas jusqu'à nous, et je m'étonnais qu'une population d'insulaires n'eût pas de canots ou d'embarcations.

c'est que nous étions sur une côte peu fréquentée; car ces peuplades se livrent à la pêche, et s'éloignent quelquefois bien avant en mer.

Nous ne répondîmes à toutes leurs provocations qu'en faisant tous les signaux que nous croyions propres à leur faire comprendre nos intentions pacifiques.

Souvent un incident fait plus que tous les calculs, que toutes les avances. Un gros oiseau, qui se trouva être de la famille des vautours, passa sur la baie; un des nôtres le tira et eut la chance de l'abattre; il alla tomber presqu'au milieu des insulaires. Ceux-ci, qui, à l'étonnement qu'ils témoignèrent en entendant l'explosion, ne connaissaient point les armes à feu, se jetèrent ensuite sur l'oiseau qu'ils achevèrent; puis, trouvant le trou fait par la balle, ils en furent tellement effrayés que leurs dispositions changèrent sur-le-champ. Ils s'éloignèrent du rivage et se mirent à l'abri des arbres, d'où ils nous observèrent. Quelques hommes descendirent à terre, en se tenant à la portée de nos petits canons; mais ce fut inutilement qu'ils tentèrent les sauvages en leur montrant de petits présents, et en leur faisant des signes d'amitié. La nuit arriva sans que nous eussions réussi à gagner leur confiance.

Comme la baie était très poissonneuse, nous nous amusâmes à la pêche à la torche durant la nuit, et harponnâmes plusieurs poissons avec nos baïonnettes.

Quelle ne fut pas notre surprise de voir, le lendemain, les deux pros qui restaient aux Anglais suivre le rivage à distance, et se diriger vers notre baie! Quoique nous ne fussions point insensibles à cette nouvelle rencontre, nous affectâmes cependant la plus complète indifférence. Il n'en fut pas ainsi d'eux; la nécessité les ramenait vers nous. Le pros qui portait leurs vivres avait été submergé par le grain de mer : ils nous revenaient donc, mais sans que le besoin eût abattu leur orgueil. Leur chef, ou celui qu'ils avaient choisi pour chef, fut assez impudent pour venir me proposer de lui céder une partie de nos vivres, s'autorisant du droit de secours que se doivent les nations civilisées. J'eus peine à contenir mon ressentiment, et je lui fis observer que nous avions été réunis par des accidents semblables ; que notre fortune devait être la même ; que, s'ils avaient exposé leurs vies et leurs provisions, c'était après s'être séparés de nous, sans autre sujet qu'une aversion nationale ; que le droit qu'il invoquait avait été violé par eux, et que par conséquent ils étaient malvenus à l'invoquer... « Cette île est très peuplée, le sol m'en paraît fertile, ajoutai-je ; entrez en relation avec les naturels, et usez des fruits que vous avez à la portée de la main. Nous sommes ici afin de compléter nos provisions pour notre retour dans quelque comptoir tenu par des Européens. »

Il se retira froidement, mais la colère perçait dans ses regards ; je pressentis que nous aurions des ennemis dans ceux que nous avions arrachés à la mort, ou à un esclavage pire que la mort.

J'eus quelques regrets de ma réponse : mais, en y réfléchissant, je compris que je ne pouvais pas disposer des moyens d'existence de mes gens.

Le conseil que j'avais donné aux Anglais de chercher à s'approvisionner dans l'île fut suivi dès le jour même. Laissant leurs pros sous la garde de quelques hommes, ils descendirent tous à terre, armés jusqu'aux dents, et s'enfoncèrent dans le pays. Peu d'heures après, une rafale soufflant de terre nous apporta un bruit de mousqueterie ; ils étaient aux prises avec les insulaires. Nous les vîmes rentrer dans leur pros chargés de fruits et portant un blessé. Les hostilités étant commencées, je résolus de nous éloigner et de nous avancer vers la ligne, afin d'y prendre la mousson qui devait changer sous peu.

Alors se présenta une difficulté, un obstacle que je n'attendais point. Les Anglais, nous voyant faire les préparatifs de notre départ, nous envoyèrent dire de les attendre, qu'ils partiraient avec nous ; que quelques jours leur suffiraient pour être en mesure de se mettre en mer. Nos gens, mal disposés pour eux, ne me laissèrent pas le temps de faire une réponse, et ripostèrent, en disant : « Nous vous attendrons comme vous nous avez attendus. Avez-vous associé votre sort au nôtre ? »

Les préparatifs achevés, nous levâmes les ancres et tournâmes vers l'entrée de la baie. Il fallait passer à une portée de pistolet des pros des Anglais. Ceux-ci se tenaient sur le bordage armés de leurs fusils, et la gueule de leurs canons pointée sur nous. Nous étions loin de nous attendre à cette insolente attaque, et n'étions pas préparés à la repousser ; mais notre indignation éclata en les entendant nous crier : « Nous vous coulons, si vous ne nous attendez pas ! » Je me dressai sur mon banc, et criai aux nôtres : « Aux armes contre les flibustiers !.... » La colère double les forces. Sans que je l'eusse commandé, nos trois pros glissèrent vers les pros anglais, et nos gens sautèrent à l'abordage avant que, stupéfaits de cette impétuosité française, les Anglais eussent songé à faire feu. Il y eut une mêlée courte, mais terrible... Les Anglais furent jetés à la mer, un pros submergé avec les nôtres et les Anglais. Nous mîmes plus de temps à recueillir ceux qui nageaient ou se noyaient que nous n'en avions mis à les culbuter. Le nombre des blessés, du côté des Anglais, fut plus que double du nôtre ; la colère était si ardente que j'eus beaucoup de peine à empêcher mes hommes de les massacrer. Le cœur humain est incompréhensible : ils voulaient mettre à mort ceux qu'ils venaient de sauver de l'eau.

Quand les esprits furent calmés, je proposai de relever le pros submergé, d'enlever les canons qui restaient aux ennemis, car ils ne méritaient plus que ce nom ; de leur laisser leurs armes et leurs munitions, en un mot tout ce qui leur appartenait, puis de les abandonner à la fortune qu'ils avaient méritée. Quoique combattu, ce parti fut accepté, et nous sortîmes de la baie.

Nous naviguions depuis deux jours, lorsqu'une véritable tempête nous assaillit et sépara nos pros, dont je n'ai plus entendu parler. Le nôtre, abandonné au vent, filait avec une telle rapidité que nous prévoyions que, s'il rencontrait un écueil, un de ces rochers qui se trouvent dans ces mers au voisinage des terres, nous serions brisés comme du verre. Nous étions neuf hommes à bord, et ne pouvions qu'à peine épuiser l'eau qui tombait en masse dans l'embarcation. Tout ce que nous avions avait été jeté à la mer, et encore l'eau nous gagnait. Ce fut dans cette horrible situation que la nuit tomba sur l'océan ; nuit noire entre toutes les nuits, nuit de sifflements du vent, de rugissements des flots, et de ce bruit sourd et profond que rend la masse d'eau tombant dans l'abîme.

Je ne sais plus ce qui nous arriva. Au point du jour, sous les feux d'un soleil ardent dès son apparition, je me trouvai étendu sur le sable, où j'avais enfoncé mes mains, et ne vis autour de moi que la mer promenant ses longues et puissantes lames, et des rochers noircis, nus, pendant presque sur ma tête. Les efforts que je fis pour me lever furent d'abord vains, mon corps était brisé ; enfin je pus m'asseoir... Autour de moi, la solitude ; devant, une mer sans limites ;

au-dessus de ma tête, un ciel en feu.. Je me laissai retomber sur le sable ; l'existence ne me parut pas possible. Je restai longtemps sous le faix de l'accablement ; enfin, la vie reprit un peu d'énergie, et je songeai que quelques-uns de mes compagnons auraient pu être sauvés comme je l'avais été.

Les ressorts de l'organisme reprennent leur jeu sous la puissance de la vie intelligente ; je me levai et parcourus le rivage... Le pros était enseveli sous une masse de sable ; plus loin, un chapeau près de deux cadavres ; puis un rivage ondulé çà et là ; autour, des mouettes, des courlis, et une foule d'oiseaux divers... mais l'homme manquait ; j'étais le seul.

La solitude dans un désert où l'homme peut avoir accès et rentrer dans la société, est souvent un bien pour les âmes fatiguées des déceptions humaines ; la solitude dans une prison est une immense privation du mouvement, de l'exercice de la vie active ; mais la solitude dans une île déserte où la pensée meurt à sa source, ne pouvant se communiquer ; où l'homme ne voit que lui, ne sent que lui, n'existe qu'en lui ; où pas une attente ne lui reste, pas une espérance ne se cramponne à son cœur, pas un de ses soupirs, pas un de ses regards, pas un de ses attouchements n'est compris... oh ! cette solitude anéantit l'homme sentant, pensant, intelligent ; elle le renferme sous un cercueil de plomb ! Je sentis tout cela, non pas dans l'ordre que je tâche de le mettre aujourd'hui, mais confus, mais tournoyant sous les yeux de mon esprit, mais désespérant comme la tombe.

La mer aux plaines tumultueuses, dont chaque lame apporte une idée, éveille une pensée, était sous mes yeux, je ne la voyais pas ; ce ciel inondé de lumière, aux espaces sans limites, ne disait plus rien à mes regards hébétés ; et cette terre où la vie pullulait, se révélait par le mouvement, les cris, les chants, les couleurs; cette terre qui jette la vie à sa surface, comme les gerbes du feu d'artifice jettent les étincelles, comme les nuages jettent les gouttes de pluie. cette terre ne me disait rien; elle était déserte de l'homme.. Il n'est pas bon que l'homme soit seul, dit le Jéhovah de la Genèse.

Un temps considérable se traîna pour moi dans cette prostration morale; l'homme animal se réveilla le premier : j'eus faim. Dans les cavités du rivage, je trouvai des poissons morts hors de leur élément; je les ouvris avec mes ongles, en rejetai les entrailles, et, alléché par cette chair saignante, je les dévorai... Nos deux natures sont unies si intimement, que, quand une renaît à l'énergie, l'autre aussi se relève. Je pus réfléchir, avoir des pensées suivies; je pus comprendre à la manière des hommes, et non à celle d'un demi-idiot. Je songeai à moi, aux moyens de me sustenter, de me préserver du mal-être; j'étais redevenu homme.

Assis sur un des bouts du pros, la tête appuyée sur les mains, je sondai la profondeur de mon malheur, et peu à peu l'espérance se glissa dans mes pensées. Je me trouvais seul, dans un lieu désert, probablement éloigné du passage des navires; mais la tempête qui m'y avait poussé pourrait aussi y jeter quelques navires aux jours de sa colère, et alors, avec l'assistance d'autres hommes, ainsi que cela est arrivé à tant de naufragés, le retour dans ma patrie me serait possible. Cette île même, que je crois déserte, ne l'est peut-être pas; peut-être encore qu'elle est fréquentée par le commerce; mon désespoir est une faiblesse, résultat de l'anéantissement de mes forces. N'ai-je pas en outre l'espoir en la bonté de Dieu? pourquoi m'aurait-il sauvé seul d'un si terrible naufrage, s'il sait que je suis voué à la mort?

Ces réflexions, et bien d'autres encore qui occupèrent mon esprit, ranimèrent mon courage. Je me traçai un plan de conduite et le mis aussitôt à exécution. Mais auparavant je voulus soustraire le corps de mes malheureux compagnons aux dents des bêtes carnassières, s'il en existait dans l'île. Les flots sont le linceul de l'homme de mer, et l'océan sa grande tombe ; je crus ne pas commettre une impiété en dépouillant ces corps sans vie des vêtements dont ils n'avaient plus besoin et que ma situation me rendait nécessaires, et, après les avoir dépouillés, je les poussai dans la mer en détournant la tête.

Je fis alors l'inventaire de ce que je possédais. Il ne fut pas long. Trois vêtements complets, deux couteaux, un coutelas, une petite hache, une montre, et quelques pièces de monnaie. Dans l'intérieur du pros, il devait aussi se trouver beaucoup d'autres objets, renfermés dans des coffres et dans la cabine ; mais je ne me sentais pas la force de remuer tout ce sable avec mes mains seules, et je voulais, avant tout, reconnaître si cette île avait des habitants.

La chaleur était intense ; je me dirigeai vers une vallée couverte d'arbres, espérant y trouver de l'eau et des fruits ou des racines. Je ne me trompais point dans mes espérances : un ruisseau fort large en descendait, son eau était pure et fraîche ; ce fut pour moi une véritable sensualité que d'en boire. J'en suivis le cours vers la mer, car j'avais aperçu de hautes tiges de cocotiers ; le sol était couvert de plus de fruits qu'il ne m'en eût fallu pour la nourriture d'un mois, sans compter ceux qui, tombant dans le ruisseau, étaient charriés à la mer, qui les transportait sur d'autres points de l'océan, propageant ainsi les bienfaits de Dieu.

Restauré, rafraîchi, ranimé par la certitude que j'avais que je n'aurais point à redouter les tortures de la faim, je me trouvai un autre homme, et m'avançai vers une montagne qui dominait toute cette partie de l'île. Si j'eusse fait une excursion de naturaliste, j'aurais été dans l'enchantement : la terre était couverte de plantes, de fleurs, d'arbres de toute espèce, de toute hauteur, et les insectes, les oiseaux aux plus riches, aux plus brillants plumages, animaient les rameaux et les profondeurs des ombrages ; mais je ne pouvais songer qu'à ma position, qu'au sort qui m'attendait. L'incertitude m'absorbait tout entier. Quoique je continuasse mon ascension presque toujours sous des dômes d'une verdure impénétrable aux rayons du soleil, je sentais cependant la sueur couler sur mon front et sur tout mon corps. Ce fut sous un arbre immense, sur un sol mousseux, que je me reposai et me rafraîchis avec le lait des cocos dont je m'étais chargé.

Du sommet de la montagne, je découvris une grande partie de l'île. C'était une forêt immense, sauf quelques espaces où les rochers nus se montraient. Mais, sauf les productions naturelles, pas un seul indice ne me révéla la présence de l'homme. Je résolus de pousser plus loin mes excursions et de visiter la partie occidentale de l'île, et, pour cette nuit, je m'établis entre deux rochers qui formaient une excavation profonde et mettaient à l'abri des intempéries de la nuit.

Ecrasé de fatigue, je m'étendis sur des mousses que j'avais recueillies aux alentours, et fus bientôt enseveli dans un sommeil profond qui dura jusqu'au lever du soleil. Cette nuit de repos m'avait donné du courage et des forces. Je me mis en route : il me restait plusieurs cocos ; je comptais sur les provisions que je trouverais dans les forêts qui s'étendaient à mes pieds.

Quand on pénètre dans les dômes de ces forêts séculaires,

on n'y trouve point les obstacles que l'on rencontre dans nos forêts d'Europe, où les plantes de médiocre élévation jonchent le sol. Les obstacles sont d'une autre nature. Ils proviennent des plantes grimpantes qui escaladent les grands arbres, s'emparent de leurs rameaux, et retombent en festons, en banderolles, comme des chevelures éparses, sur le sol, et s'opposent ainsi au passage.

Ce qui me prouva que l'île était inhabitée, c'est que les oiseaux et les divers animaux que je rencontrais paraissaient plus étonnés qu'effrayés de ma présence. Ils n'avaient point encore éprouvé l'esprit destructeur de l'homme. J'en abattis plusieurs à coups de bâton, et cette nourriture fit les frais de mon souper.

Dès que j'atteignis la plaine, je fus surpris et même effrayé du nombre de reptiles qui se levaient sous mes pas. On peut dire que, en général, le venin des reptiles est plus actif dans les latitudes brûlantes que dans les régions tempérées. Pour la nuit, je choisis mon gîte sur un arbre, où je m'établis de mon mieux; l'humidité me pénétra tellement qu'à mon réveil je me trouvai tout engourdi. Secouant cette torpeur physique, je me mis en marche, et descendis dans une vallée profonde où les eaux, ne trouvant pas d'écoulement suffisant, s'étaient amassées, et formaient un marécage impénétrable. Force me fut de redescendre vers la côte; mais le marais s'étendait toujours, jusqu'à ce que je fusse arrivé sur un sol plus élevé qui livrait passage aux eaux par une profonde échancrure. Au-delà s'offraient des forêts à travers lesquelles la route me fut difficile; d'après mon calcul, je ne faisais pas cinq lieues par jour.

Le sixième jour de mon départ du point où j'avais fait naufrage, j'atteignis l'extrémité de l'île, et l'océan déroula devant moi ses plaines sans horizon limité. Il me parut que

la partie occidentale de l'île était malsaine et offrait moins
de sécurité que celle où j'avais été jeté ; en effet, la quantité de reptiles était incalculable, presque à chaque pas je
les avais vus se mouvoir sous mes pieds ; elle offrait cependant un avantage : c'est que sur le sable du rivage je trouvai une grande quantité d'œufs de tortues ; je pus retourner
un des amphibies, dont la chair me sustenta durant plusieurs jours. D'un autre côté, je remarquai que des écueils
sans nombre hérissaient les abords de cette partie du rivage,
et en rendaient l'accès impossible.

Si la partie de l'île où la tempête m'avait jeté offrait une
végétation moins énergique, elle avait, en revanche, plus
de sécurité et plus de salubrité. J'y retournai en longeant le
rivage, dont je ne m'éloignais que pour aller chercher des
fruits dans les forêts, quand les cocotiers me manquaient.
La nourriture de poisson engendre des maladies de peau
que j'avais remarquées, dans mes précédents voyages, chez
les populations dont le poisson est la base de l'alimentation.
Il fallait donc me résigner à cette vie solitaire, et attendre
de la bonté de Dieu une occasion pour rentrer dans la société humaine.

Je passai longtemps à parcourir des yeux l'étendue des
mers : à quelque distance du rivage, des volées d'oiseaux
l'animaient seules ; la mer s'offrait à moi calme et doucement ondulée ; mais point de voiles, point de mâts, point de
coques de navires.

Un instant d'abattement me saisit ; j'en fus arraché par
les besoins de la nature. Je n'avais plus de cocos, je n'eus
pas le courage d'aller jusqu'au ruisseau qui se jette dans la
mer pour en recueillir ; la grève m'offrait assez de coquillages ; il me restait en outre de la chair de tortue.

A la manière des sauvages, je fis du feu sur la grève ; il

me servit à cuire mes aliments. La nuit vint : je n'avais point pensé à chercher un gîte ; le creux d'un rocher m'abrita. Mon sommeil fut profond ; le corps et l'âme avaient tant fatigué ! Une nuit de sommeil rend plus de force au corps, plus d'énergie à l'âme, que tous les excitants ; je me levai, et me trouvai en état d'accepter le sort que m'infligeait la Providence. Ne voulant pas m'éloigner du rivage, ni du pros toujours ensablé, je cherchai dans les rochers une cavité dont je pusse profiter pour m'y construire une retraite commode. J'allai couper des pieux, et les assujétis du mieux que je pus ; puis je les garnis de rameaux, et fis une porte que j'assujétis en dedans. Des herbes sèches me firent une couche assez molle. Je me trouvai donc à l'abri des intempéries de la nuit.

Ceux qui couchent dans un bon lit, dans un appartement bien clos, ne se feront pas une idée du bien-être que j'éprouvai en m'étendant sur cette couche d'herbes sèches, à l'abri de quelques pieux garnis de rameaux verts ; je me trouvai plus riche, plus heureux qu'eux ; j'avais un domicile, ma vie était garantie durant mon sommeil. Les hommes jouissent en réalité de plus d'égalité d'âme dans la médiocrité qu'on ne le croit communément. Le véritable bien-être est la satisfaction du besoin. Le lit de paille cause plus de satisfaction au pauvre que les couches douces, moelleuses, n'en causent au riche accoutumé à cette jouissance sur laquelle il est blasé. J'ai toujours vu l'ouvrier, l'homme des champs, faire plus d'honneur à son pauvre ordinaire, montrer plus d'appétit, que les riches dans leurs somptueux repas. La justice divine compense les jouissances, et celles qui n'ont pas leur origine dans le luxe, dans des besoins factices, sont bien inférieures aux jouissances propres à la nature de l'homme.

Ces réflexions, je les faisais sur mes herbes sèches, en étendant librement mes membres fatigués, et en apercevant quelques petites lueurs blanchâtres qui pénétraient à travers mon treillage. Le sommeil les interrompit ; il ne fut point, comme les nuits précédentes, fatigué, harcelé par des rêves ; il fut long, profond ; et quand mes yeux s'ouvrirent, la nature était éveillée, pleine de vie et de mouvement ; les oiseaux de mer volaient à la surface des flots, y cherchant leur pâture, et l'air traversé de nuées d'oiseaux de toutes couleurs, se croisant en tous sens, et poussant des cris plus ou moins aigus ou perçants, mais tous courant après leur pâture. Je les imitai, et descendis sur la grève pour y chercher aussi la mienne.

La vue des nombreux poissons qui fourmillaient dans les eaux calmes et transparentes de la petite baie, excita, éveilla ma sensualité ; elle me dit que, puisque j'avais sous la main une nourriture plus délicate, je ne devais pas réduire mon ordinaire aux coquillages des rochers. Mais je n'avais point d'instruments de pêche : la nécessité me suggéra plusieurs expédients ; voici celui qui me réussit le mieux. Avec des baguettes de roseau je fis une espèce de tonneau, en imitant de mon mieux un engin de pêche que j'avais vu usité dans ma jeunesse par les pêcheurs de nos côtes. Les deux extrémités rentraient en cône tronqué dans l'intérieur et se touchaient presque ; mais je ne prenais ainsi que de petits poissons. J'élargis et éloignai le sommet des deux cônes, et me procurai de beaux et bons poissons que je faisais griller sur des charbons. Je trouvai dans les cavités des rochers, qui n'étaient remplies d'eau que les jours de grosse mer, de beaux cristaux de sel, et ma cuisine en devint plus savoureuse. Des écailles de cocos me servaient de vase ; l'eau du ruisseau, mêlée au lait de cet excellent fruit, était un breuvage rafraîchissant et délicieux. Mais j'étais seul... cela empoisonnait mon paisible bonheur.

Depuis que je suis rentré dans la société, j'ai plus d'une fois regretté ma solitude ; mais l'homme est ainsi fait... il ne connaît la valeur de ce qu'il quitte que lorsqu'il compare le présent au passé.

Depuis plusieurs jours je n'étais point descendu sur la grève ; j'avais parcouru les bois voisins pour connaître les ressources que je pourrais y trouver, et j'avais reconnu qu'elles étaient supérieures à mes besoins. Ce fut machinalement que je me rendis auprès du pros ensablé ; la mer l'avait presque déblayé ; il ne restait plus de sable que dans l'intérieur : comme il était sur la côte, le travail devenait assez facile ; je le commençai sur-le-champ ; mais en lui ôtant son lest de sable, je le livrais à la mer descendante quand la tempête se représenterait. Effrayé de cette idée, quoique seul il me fût impossible de manœuvrer cette grande embarcation, je l'assujétis avec des pieux, et parvins à lui creuser un bassin où elle retomba droite, mais enfoncée dans le sable. J'en emportai une infinité d'objets qui me furent utiles plus tard, surtout des fusils et de la poudre que je fis sécher sur les rochers.

Il serait impossible de rapporter ici tous les projets qui me traversèrent l'esprit depuis que j'avais une embarcation à laquelle je revenais toujours, quoique je sentisse l'impossibilité de m'en servir seul. Une semaine s'écoula ainsi, et le temps ne me parut point long, car mon esprit et mon corps travaillaient, fatiguaient, et me préparaient des nuits de sommeil et un réveil paisible.

Mes premiers regards se portaient toujours sur l'étendue de l'océan, ils la fouillaient pour y trouver une voile... mais, hélas ! elle était toujours solitaire, et je ne voyais

que les longues ailes des oiseaux des mers ! Combien de fois
le nuage qui passait à l'horizon ne m'a-t-il pas causé une
émotion aussi profonde que passagère ! des moments de
tristesse succédaient à ces désillusionnements, et' je me re-
jetais au travail pour me distraire.

Depuis que mes richesses se trouvaient augmentées, je
sentais le besoin de me loger plus large, de me procurer
un abri plus stable que celui des rameaux que la chaleur
desséchait aussitôt. L'envie me prit de démembrer le pros;
mais aussitôt la réflexion me disait qu'il pourrait m'être
utile tôt ou tard.

Je cherchai un emplacement pour m'y construire une demeure. Au-dessus du rocher où se creusait ma retraite se
trouvait une plate-forme d'environ vingt pas d'étendue du
côté de l'île ; le rocher s'élevait perpendiculairement à plus
de trente pieds d'élévation. Je choisis cet emplacement;
mais je me trouvai arrêté dans mon projet de construire :
le rocher ne me permettait pas d'y enfoncer des pieux. Il
fallait construire des murs de terre; ce que je fis avec des
peines infinies, car il fallait aller chercher la terre assez
loin et l'apporter dans un sac, puis descendre à la mer et en
rapporter de l'eau dans les seuls vases que j'avais... des
noix de cocos. Ce travail devenait trop fatigant, j'y renonçai, et cherchai les moyens d'arriver à mon but avec
moins de peines.

A l'entrée de la vallée, j'avais remarqué des terres rouge
pâle ; je les délayai sur le bord du ruisseau ; puis, après les
avoir bien corroyées, je les mis dans un cadre fait avec les
bancs du pros ; j'obtenais ainsi des briques de deux pieds de
long sur six pouces d'épaisseur ; je les étendais au fur et à
mesure sur le sable, où les rayons du soleil les desséchaient
en peu de temps. Chaque jour il m'était possible d'en faire

une assez grande quantité; en me retirant, j'en emportais toujours ma charge. Ma muraille s'élevait à vue d'œil, et je jouissais de mon travail avec une indicible satisfaction.

Un jour le dégoût s'empara de moi. A quoi bon, me dis-je, élever ces murs si solides ? peut-être que je sortirai de cette île avant que la construction en soit achevée. Je pris un fusil, et je m'enfonçai dans les forêts dans le dessein d'y chasser. C'était la première fois que je visitais cette partie de l'île. Les arbres y étaient d'une hauteur prodigieuse, mais si couverts de plantes grimpantes que leurs bande-rolles qui descendaient jusqu'à terre, où elles s'entrela-çaient, rendaient la marche excessivement pénible. Je cher-chai les endroits praticables, et arrivai aux pieds d'un rocher absolument nu; je l'avais plusieurs fois remarqué du rivage, dominant les alentours de sa cime brûlée. Après avoir fait provision de fruits, j'entrepris cette ascension. J'abattis plu-sieurs perroquets pour supplément de provisions, et me trou-vai à mi-chemin, selon mon estimation, à l'instant où le soleil disparut. Quelques arbrisseaux desséchés, des branches mortes, alimentèrent le feu de ma cuisine, et je pus faire rôtir les produits de ma chasse; ensuite je cherchai un gîte pour la nuit. Des mousses couvraient encore çà et là les ro-chers; j'en recueillis assez pour me faire une couche moins dure que la roche nue.

Quoique fatigué, je ne pouvais m'endormir : l'air devint froid et piquant. Je fus obligé d'allumer du feu à l'intérieur du creux du rocher où je m'étais établi; pour qu'il ne s'é-teignît point durant mon sommeil, je le chargeai d'assez de combustible pour en prolonger la durée jusqu'au jour. Je m'endormis avec sécurité, croyant n'avoir à redouter aucun être malfaisant, ni homme, ni bête. L'île m'avait paru dé-serte; mon fusil était à la portée de ma main, ma hachette et mon coutelas attachés à ma ceinture. Je ne sais depuis combien de temps je dormais, lorsque je fus éveillé par un coup sec, comme celui que fait un corps dur en frappant le fer. Je me levai aussitôt, et, à la lueur du brasier, je vis tout près de moi un bâton d'environ trois pieds. Je l'examinai, un des bouts était armé d'une pierre aiguë, solidement attachée avec des courroies. L'homme était là, je reconnaissais son travail et son inhumanité.

Je sautai sur le rocher, le fusil à la main, et promenai mes regards un peu effarés à travers les ténèbres environnantes. Croyant distinguer une forme humaine à une assez grande distance, je la visai et lâchai le coup. Le bruit, répercuté par les rochers environnants, retentit comme celui d'une petite pièce d'artillerie, et alla s'affaiblissant dans les échos. J'écoutai ; pas une plainte n'arriva à mon oreille : la nuit était retombée dans son silence imposant.

Je regagnai ma retraite, mais il me fut impossible de me rendormir. J'examinai de nouveau l'arme qui avait glissé sur le fer de ma hache, et reconnus non pas la zagaie des sauvages, que j'avais eu l'occasion de voir dans mes voyages, mais une arme plus grossière, quoique meurtrière ; il n'y avait de travaillé que le bout armé du caillou : c'était une espèce de corail, mais plus dur que les coraux que je connaissais.

Ainsi je venais d'apprendre, au risque de ma vie, que l'île avait des habitants, et l'arme que j'avais sous les yeux m'indiquait un état de sauvagerie aussi bas que possible.

Quand le jour parut, j'explorai des regards tous les lieux où ils pouvaient pénétrer, et je ne vis que la solitude. Je repris mon ascension sous une température assez froide, et atteignis le sommet à l'instant où le soleil prolongeait l'ombre de mon corps, c'est-a-dire quelques heures avant la nuit.

Quoique horriblement fatigué, et sollicité par le sommeil, je fis une battue aux environs des rochers que j'avais choisis pour retraite ; mais je ne trouvai pas une mousse, pas un brin d'herbe pour me faire une couche, pas le plus petit arbrisseau pour allumer du feu. Le froid se faisait vivement sentir, je me trouvais dans un courant d'air très actif. Heureusement que je découvris une cavité assez profonde où je pus me mettre à l'abri, et où je m'endormis malgré mes craintes. Le froid m'y réveilla longtemps avant le jour ; mes membres étaient complètement engourdis ; je fus longtemps avant de rétablir la circulation ; enfin le soleil parut !... Mon Dieu, quel beau, quel magnifique, quel resplendissant spectacle que celui du soleil s'élevant au-dessus des flots dans les profondeurs de l'horizon et du ciel, et jetant ses gerbes de flammes sur les longues ondulations de l'océan ! Je restai un instant anéanti ; puis, me jetant à genoux, mon âme fut inondée de la splendeur, de la puissance de Dieu qui plaça dans la voûte des cieux ce magnifique luminaire qui verse sur son passage la vie et le mouvement. Mes regards se tournèrent ensuite sur l'île ; quoiqu'elle fût très étendue, elle me parut comme une tache sur l'immensité de l'océan.

Le ressort de l'âme se courbe vite sous les grandes et profondes émotions ; l'homme retombe souvent dans l'existence matérielle ; le contre-poids de l'âme ne la tient pas toujours en équilibre... j'avais faim.

II

Il me restait trois noix de cocos ; l'une fit mon déjeuner matinal : je conservai les deux autres pour la journée, car j'étais décidé à pénétrer dans cette partie de l'île qui se trouvait au nord, et que je n'avais point encore explorée. Il était désormais certain pour moi que l'île avait des habitants ; mais l'arme que j'avais me prouvait qu'ils devaient être très près de la nature, et le soin qu'ils avaient pris, depuis la tentative de la nuit, de se soustraire à mes regards, me prouvait aussi qu'ils étaient bien timides ou en petit nombre. Je comptais beaucoup sur l'effroi que leur causerait mon fusil, car il était à peu près certain qu'ils ne connaissaient point les armes à feu, ou que, s'ils les avaient connues, c'était par une expérience qui leur avait été fatale. Plein de ces idées, confiant en ma puissance de destruction, je descendis la rampe de la montagne et pénétrai avec précaution dans les forêts. Je compris sur-le-champ pourquoi cette partie de l'île était préférable pour séjour : elle produisait tous les fruits de ces contrées intertropicales ; je n'eus que l'embarras du choix pour ma nourriture. Mais pas un seul animal dangereux ne se trouva sur ma route ; ceux que je rencontrai ne paraissaient nullement effrayés ; la plupart m'étaient inconnus. Les fruits me suffisaient ; je n'en tuai aucun, autant pour ménager ma poudre que par un sentiment d'humanité.

Les forêts n'avaient point de sentiers, point de traces qui indiquassent le passage de l'homme : elles étaient ce que les voyageurs nomment des forêts vierges. Chose bizarre ! l'inutilité de mes recherches pour découvrir des sauvages augmenta tellement mon désir d'en rencontrer, que je me fis illusion sur les dangers que cette rencontre pourrait m'apporter, et m'avançai avec la ferme résolution de ne pas cesser mes recherches que je n'eusse découvert hommes et habitations d'hommes. J'allais çà et là, profitant des facilités du passage, battant le pays comme un véritable chasseur. Dans une vallée fort étendue, au fond de laquelle coulait un large ruisseau, je découvris des paquets de bambous. Enfin il y avait donc des habitants ! Je cherchai à travers les hautes herbes des traces et les suivis jusque dans la forêt; mais là elles me manquèrent tout-à-coup, et les obstacles qui s'offraient devant moi m'ôtèrent l'idée d'y pénétrer.

Je m'établis à quelque distance d'un arbre dont les rameaux s'étendaient au loin chargés de lianes et d'une étonnante variété de plantes grimpantes; de son sommet ces plantes retombaient jusqu'à terre, verte et luisante chevelure parsemée de fleurs : cette masse de verdure ne donnait pas l'idée d'un arbre, mais d'un massif énorme de branches, de feuilles et de fleurs. C'était auprès de cet arbre que les traces avaient cessé d'être visibles. Mon foyer fut établi sur une pierre; les matériaux qui couvraient la terre aux environs alimentèrent mon brasier. J'y préparai mon repas, qui fut composé d'ignames, des fruits de l'arbre à pain, et d'un oiseau que j'assommai malgré mes sentiments philosophiques du matin. Lorsque je fus rassasié, je retournai sur mes pas pour examiner une seconde fois les paquets de bambous, et chercher d'un autre côté des traces qui pussent me conduire à la retraite des sauvages.

J'en trouvai qui suivaient le cours du ruisseau; elles me conduisirent, à la sortie de la vallée, dans le plus frais, le plus magnifique réduit que j'eusse vu de ma vie. Un des rameaux de la montagne s'ouvrait tout-à-coup, le ruisseau se divisait à la sortie d'un petit lac qui s'étendait autour d'un monticule chargé d'arbres, de fleurs, et bordé de la plus belle verdure qui puisse charmer la vue. Ce monticule formait une presqu'île entourée d'une eau si pure, si calme, que je voyais jusqu'aux sables du fond et les bandes de poissons qui circulaient en tous sens. Pour pénétrer dans cette presqu'île, je suivis le cours d'eau de la gauche : il allait en se rétrécissant, et je pus bientôt le franchir sur un arbre tombé de vétusté. J'avais la persuasion que j'allais enfin découvrir des habitations dans cette retraite délicieuse... elle était déserte, sans aucun indice que l'homme y eût passé. De là j'aperçus la mer, au bout de l'ouverture de la vallée. Le charme du lieu me décida d'y passer la nuit, et la pureté de l'eau m'engagea à y prendre un bain pour me refaire des fatigues des jours précédents. Je veux ici, me dis-je, établir une seconde habitation, et achever d'entourer d'eau ce monticule en changeant le cours des deux ruisseaux, et je me trouverai plus en sûreté que partout ailleurs. Mais aussitôt la pensée que je perdrais la mer de vue, que je manquerais l'occasion de retourner dans ma patrie, de sortir de l'isolement, vint assombrir mes beaux projets ; j'y renonçai aussi facilement que je les avais formés.

Depuis que j'avais reconnu la possibilité de vivre dans cette île, une grande inquiétude avait été dissipée ; mais l'idée de vivre seul, abandonné, d'y attendre la maladie et la vieillesse sans espoir de soins, de secours, me faisait oublier tout le bien-être présent. Puis, être toujours seul, sans échanger mes pensées avec des pensées, était une espèce de supplice plus cruel qu'une vie de fatigues et de misères. Si j'avais eu des compagnons, une compagne, il est bien certain que j'aurais autrement envisagé ma position, que je l'aurais acceptée avec joie, en repoussant comme affligeants et importuns les souvenirs de la patrie ; mais j'étais seul, car je ne devais regarder les habitants de l'île que comme des gens avec lequels je me trouverais en guerre, avec lesquels il ne fallait pas espérer d'association. Telle était la nature de mes réflexions lorsque je me remis, le lendemain, en route, en suivant non le ruisseau qui descendait à la mer, mais l'autre petit cours d'eau qui rentrait dans l'intérieur des terres, en suivant la base sinueuse des montagnes. Dès qu'une échappée s'offrait entre les arbres, je l'explorais, espérant toujours y trouver ou des hommes, ou des habitations, ou enfin des indices quelconques : mes recherches furent vaines, et après huit jours d'absence et de marche, je me retrouvai à l'embouchure du cours d'eau voisin de mon habitation.

Je le reconnus avec joie, car l'idée de propriété est inhérente à la nature humaine ; mais cette joie fut bientôt tempérée quand je reconnus que ma construction avait été visitée, que ma première retraite avait été fouillée, et qu'on m'avait enlevé un fusil et un coutelas. Heureusement ma poudre, cachée dans un trou de rocher, se trouva intacte ; l'arme ne pouvait donc être tournée contre moi, le coutelas seul pouvait servir à me nuire. Plusieurs autres objets me manquaient aussi, entre autres un briquet et son silex. Je ne comprenais pas qu'un sauvage, qui ne connaît point le parti qu'on tire du silex, se fût emparé d'une pierre, à moins qu'il n'y attachât une idée superstitieuse ; le briquet étant de fer, le voleur pouvait connaître ce métal, je comprenais ce vol. Un des vêtements de mes malheureux amis avait aussi été emporté, ainsi qu'un chapeau. Voilà l'inquiétude qui s'empare de moi ; je m'attends à chaque instant à voir fondre sur moi une bande farouche et sanguinaire ; mais je me rassurai un peu en faisant réflexion que, si les sauvages s'étaient trouvés assez forts pour m'attaquer ouvertement, leur impatience naturelle ne leur eût pas permis d'agir comme ils avaient agi. J'en vins à penser qu'ils étaient en bien petit nombre ; peut-être de ceux qui, s'avançant en mer dans leurs canots, sont emportés par la tempête et jetés sur des côtes à eux inconnues. S'il en était ainsi, je n'avais à me prémunir que contre une surprise, mes armes me rendant assez fort pour leur résister.

En attendant que j'eusse achevé ma construction commencée, je renforçai ma première retraite avec des pieux et des terres entassées entre les pieux ; puis je repris mon travail avec ardeur. Un soir, en me retirant, je jetai les yeux sur la vallée, et, soit que l'inquiétude me fit illusion, soit que ce fût une réalité, je crus distinguer un mouvement dans les hautes herbes. Il me parut suspect. La crainte s'empara encore de moi. Je résolus de passer la nuit en surveillance, d'allumer un grand feu à distance de ma retraite. de manière à pouvoir découvrir les approches de l'ennemi. Tous mes fusils furent chargés et mis contre le rocher, à la portée de ma main; une petite ouverture fut ménagée dans la porte que j'avais consolidée. Ces précautions prises, je me mis en observation. Il y eut cette nuit-là un grain de pluie si abondante que mon feu en fut éteint, et par conséquent mes anxiétés augmentées. Je compris cependant que les ennemis que je redoutais ne viendraient pas m'attaquer durant une nuit si orageuse, et je m'étendis sur ma couche, où le sommeil vint bientôt me fermer les yeux.

Plusieurs jours se passèrent sans que je pusse me rassurer complètement. Je résolus d'avoir recours à la ruse pour découvrir enfin ces ennemis de ma tranquillité : leur présence autour de ma maison m'était prouvée par plusieurs traces. Un jour, je trouvai auprès du pros des marques de pas, et ce qui m'intrigua, je devrais dire m'alarma le plus, c'est que ces traces n'étaient point celles de gens qui marchent pieds nus, elles prouvaient une chaussure grossière, à la vérité, mais enfin c'était une chaussure. Ma vie fut harcelée d'inquiétudes qu'un rien ravivait. Mon ennemi, j'étais arrivé à la conviction qu'il n'y en avait qu'un seul, mon ennemi s'était introduit dans ma demeure en mon absence ; il observait donc mes démarches. Je feignis un soir de m'éloigner, et j'allai allumer un grand feu sur une éminence voisine ; ensuite je revins, en prenant les plus grandes précautions pour cacher mon retour, et je me mis aux aguets dans ma première habitation. Là, l'œil à l'ouverture de la porte, je regardais l'espace qui s'étendait jusqu'à la grève ; la nuit était claire, et la lune en son plein. Il y avait à peine une heure que j'étais ainsi posté, lorsque je vis, à une bonne portée de fusil, une masse noire qui se détachait sur la blancheur de la grève ; je frottai mon œil fatigué, ensuite j'entr'ouvris doucement ma porte. Tantôt il me semblait que cette masse était immobile, tantôt je croyais la voir se mouvoir lentement. Plusieurs fois je me crus la dupe d'une illusion ; mais je savais bien qu'il n'y avait rien sur la grève, et je ne pouvais pas douter qu'il y eût alors une masse noire ; les sables blancs reflétaient tout autour les rayons de la lune ; enfin, je ne pus en douter, cette masse s'approchait de moi... Je levai mon fusil, et, pour être plus sûr, j'en appuyai le canon sur une traverse de la porte ; après avoir visé avec autant de précision que le permit l'agitation qui me dominait, je lâchai le coup.

Lorsque la fumée fut dissipée et que je pus voir bien distinctement, la masse me parut animée d'un plus grand mouvement et se diriger vers le pros. Je n'y tins plus ; saisissant un de mes autres fusils, je courus sur elle. Quelle fut ma surprise en reconnaissant une de ces énormes tortues que l'on trouve dans ces latitudes ! Je lui passai le canon de mon fusil sous le ventre, et j'eus toutes les peines du monde à la tourner sur le dos. A côté, le sable était creusé ; je trouvai des œufs qu'elle était venue y enfouir.

Je rentrai chez moi tout joyeux ; je venais de me procurer une bonne provision d'excellente chère. Pour que l'énorme chélonien ne souffrît pas jusqu'au lendemain, je retournai et lui tranchai la tête. J'avoue que j'aimais mieux faire cette opération la nuit qu'à la clarté du soleil.

Lorsque j'allai le matin pour emporter ma capture, je trouvai que la partie postérieure avait été très proprement détachée du corps. Cette déconvenue me rassura complètement ; jen tirai la conséquence que l'ennemi que je redoutais, qui troublait mon sommeil, n'était pas aussi dangereux que je le supposais, et même hors d'état de se procurer le nécessaire par sa chasse, puisqu'il se réduisait à de petits larcins. Ensuite, en y réfléchissant, je compris que, s'ils étaient nombreux, ils auraient pu emporter la tortue entière. Je n'avais donc plus, d'après mes réflexions, qu'un ou deux ennemis à craindre, et ils me craignaient probablement plus que je ne les craignais moi-même.

Il me fallut deux transports pour emporter ma proie et son écaille. Cette dernière, qui pouvait contenir un quart de barrique ordinaire, me fut d'une grande utilité pour ma cuisine ; elle me servit de saloir lorsque j'avais des viandes à conserver plusieurs jours, et de barrique pour mettre l'eau dont j'avais besoin pour ma construction.

Je me hâtai d'achever mon habitation, et, lorsque les murs eurent une élévation de huit pieds, j'en fis la couverture, en me servant de roseaux comme de chevrons, et des larges et fortes feuilles que la forêt voisine me fournit abondamment. Les bancs du pros me firent une porte solide ; comme les ferrures me manquaient, je fis cette porte à coulisse que j'assujétissais en dedans et en dehors au moyen d'une forte cheville invisible à l'extérieur. Je me crus dans un palais ; mais j'avais oublié la cheminée ; je réparai facilement cet oubli, et me trouvai largement et solidement logé.

Désormais mon sommeil allait devenir paisible ; ma demeure pouvait, par sa solidité, me préserver d'une attaque imprévue ; il eût fallu d'autres ennemis que ceux qui me fatiguaient pour la forcer. Mais je la trouvai bien grande, bien dégarnie de meubles ; ma couche me faisait pitié.

Je songeai à me procurer des meubles. Il fallait commencer par le lit. Des tiges de bambous furent les matériaux que j'employai ; leur légèreté, leur souplesse et leur force convenaient parfaitement à ce but. En peu de jours je me trouvai possesseur d'une jolie couchette que je rendis moelleuse en la remplissant de cette espèce de filasse que l'on trouve dans les fruits du cocotier. Le reste des bancs du pros me servit à établir des planches le long de la muraille, et à faire une petite table avec des pieds de bambous. Les mêmes roseaux furent employés à la confection d'une jolie chaise. Mais les instruments de cuisine me manquaient, et je m'ennuyais de ne manger que des aliments grillés, d'autant plus que je n'entrevoyais pas la possibilité de me procurer des instruments qui pussent remplacer la marmite et la poêle. Mon idée revenait sans cesse sur cette invention, et toujours la fin de ma préoccupation se terminait par ce mot : « Impossible ! » L'art du potier m'étant tout-à-fait inconnu, je ne songeai pas à faire des tentatives de ce côté ; je pris le parti de me construire un four comme les sauvages, et de le chauffer avec des pierres rougies au feu que je faisais préalablement dans mon four.

La cuisine européenne avec tous ses secrets, toute la science gastronomique, ne produira jamais un plat aussi exquis que celui que je retirai de mon invention. Je devins gourmet, et je voulus avoir une autre boisson que l'eau du

ruisseau : je savais que les peuples sauvages tirent des boissons enivrantes de la sève de certains arbres; mais mon
ignorance en fait d'histoire naturelle ne me permettait pas
de reconnaître ces arbres. Pour y suppléer, je pris les écailles de plusieurs noix de cocos, et allai vers le soir choisir
dans la forêt les arbres qui me parurent les plus abondamment pourvus de sève; je leur fis une incision dans laquelle
j'introduisis un bout de roseau qui correspondait à un coco
vide, puis je me retirai, impatient de savoir quels seraient
les résultats de ma tentative. Il faisait à peine jour que j'é-
tais dans la forêt ; tous les cocos étaient remplis; la sève
avait même débordé ; mais la première liqueur que je goûtai
se trouvait si âpre, si nauséabonde, que je la rejetai avec
dégoût. Trois autres cocos se trouvèrent remplis d'une liqueur douce, sucrée et aigrelette. Les arbres me parurent
des palmiers.

Me voilà donc en possession de principes fermentescibles;
il ne s'agissait plus que de trouver des vases propres à les
contenir. Je m'ingéniai beaucoup pour cela, et j'en revins à
l'expédient des sauvages... j'en mis dans les bambous creux,
et les déposai au fond de ma demeure. Mais j'acquis, quelques jours après, la certitude que cette sève si douce, si
sucrée, passait rapidement à l'aigre ; il fallait donc faire ma
provision presque chaque jour. Ceci dissipa mes espérances,
sans me faire renoncer à cette ressource.

Si j'avais un peu oublié mes ennemis secrets que j'avais
tant redoutés, ils eurent soin de se rappeler à mon souvenir :
mes cocos qui recevaient le suc des arbres furent, durant
deux nuits, régulièrement vidés à ne pas m'en laisser une
goutte. Je voulus profiter de ce larcin nocturne pour savoir
enfin à qui j'avais affaire : je me rendis, le plus secrètement
que je pus, auprès des arbres d'où découlait la sève ; mais

je perdis mon temps et passai une nuit fort désagréable, j'étais déjà habitué à un peu de mollesse. Si j'avais eu des dispositions superstitieuses, j'aurais cru que le diable se mêlait de l'affaire ; mais si le diable avait du goût pour la chair de tortue et pour la liqueur du palmier, il pouvait bien se satisfaire sans avoir recours au vol. Cela m'intriguait fort ; mais je commençais à ne plus craindre une attaque, malgré la zagaie que j'avais conservée.

Le temps de la mauvaise saison, qui est dans ces climats un temps de pluies continuelles, approchait ; les variations de l'atmosphère et les tempêtes commençaient leur cours. L'expérience m'avait appris que cette saison est fatigante, et qu'il n'est guère possible de sortir. Il me fallait des provisions : j'arrangeai un grenier dans l'intérieur de mon habitation, et j'y entassai le plus possible de fruits qui se conservent. Le voisinage de la mer m'était d'une précieuse ressource ; mes engins avaient toujours le matin quelques poissons prisonniers. Mon sort n'était donc pas à plaindre ; mais j'étais seul, et je ne voyais jamais de voiles sur l'étendue de l'océan.

Un matin, la nuit avait été tempêtueuse, en faisant mon inspection sur la mer, je distinguai comme deux bouées à un demi-mille de l'île ; bientôt je pus m'assurer que c'étaient des tonneaux que la mer poussait vers le rivage. J'attendis qu'ils fussent assez près pour entrer dans l'eau, et j'eus le bonheur de les pousser dans une petite échancrure du rivage où je les amarrai. L'un contenait de la farine, et l'autre du porc salé... ce fut une bonne aubaine, surtout le premier tonneau. Je rêvai toute la nuit au pain que je ferais le lendemain, sans avoir la moindre connaissance de l'art de la panification.

Il me fallait un autre four que celui où je cuisais la chair;

mon désir de manger du pain fut donc ajourné. Je construisis un four assez ingénieux. La confection de mes briques m'avait un peu appris à pétrir la terre ; j'en fis une
boule ronde bien tassée ; puis, lui donnant une base, avec
mon coutelas je creusai l'intérieur avant que la terre fût
sèche, puis je le polis avec le dos d'un coco humide d'eau.
J'étais dans le ravissement en contemplant mon œuvre, et
je me hâtai de le sécher en le remplissant de charbons ardents. Mais, hélas ! la terre en séchant se fendilla de tous
côtés, il fallut boucher les crevasses et encore ajourner la
jouissance de manger du pain. Je l'eus enfin, cette jouissance;
mais quel pain, mon Dieu ! un véritable pain azyme, que je
trouvai cependant excellent. Mes provisions de farine ne me
permettaient pas de mettre tous les jours du pain sur ma
table ; je le réservai donc pour les jours de bonheur.

La réussite de mon four me fit songer à me faire un pot
au feu, des écuelles et des assiettes. Je mis tout mon art à
composer ces ustensiles de cuisine, et, instruit par l'expérience, je les fis sécher dans mon four. Mon pot au feu, que
je me hâtai de remplir d'eau et d'un morceau de lard avec
un gros perroquet, laissa suinter la graisse, comme ces vases
dont se servent les Egyptiens pour épurer les eaux. Quoi
qu'il en fût, j'obtins un bouillon que je tâchai de trouver
bon, quoiqu'il eût un goût détestable de terre. Mes autres
vases se trouvèrent mieux cuits, et j'en fus satisfait. Ainsi
mon petit ménage se monta peu à peu, à ma grande satisfaction, car tout cela sortait de mes mains.

Enfin la saison devint si pluvieuse que je fus contraint de
garder le logis : j'employai mon temps à embellir mon intérieur, regrettant bien de n'avoir point de livres, point de papier, ni de plumes. Un poinçon eût été pour moi un objet
précieux ; je tâchai d'en faire un avec un grand clou que j'ar-

rachai au pros. J'aurais bien fait de le démembrer, car la grosse mer parvint à le soulever et à l'entraîner trop loin pour que je pusse l'aller chercher. Cette perte me fut on ne peut plus sensible ; j'espérais toujours qu'il me viendrait du secours.

Un jour, durant une cessation de pluie torrentielle, je parcourus le rivage après avoir visité mes engins ; j'y découvris des traces de pas toutes fraîches : je courus à mon habitation, je pris mon fusil, et retournai aux traces. Je les suivis jusqu'à la vallée ; les herbes me servirent encore d'indices ; mais les torrents de pluie recommencèrent avec violence, et je rentrai mouillé jusqu'aux os. Quel était donc cet habitant invisible et introuvable, qui laissait si souvent des preuves de sa présence, et qui échappait à mes piéges ? depuis que je gardais le logis, il occupait plus activement ma pensée. Puisque c'était une créature humaine, que ne venait-elle sous mon toit partager ma solitude ? Quelle qu'elle fût, un sort commun nous eût réunis.

Je m'avisai d'un expédient que je regarde encore aujourd'hui comme une inspiration du ciel : j'élevai une croix à quelque distance de ma demeure, dans un lieu d'où la vue s'étendait au loin. Le lendemain, à l'instant où j'ouvrais la porte pour descendre sur le rivage, j'aperçus, à genoux au pied de la croix, un grand nègre. Il ne me vit pas d'abord ; mais, dès qu'il entendit mes pas, il se tourna vivement, parut hésiter s'il ne fuirait pas. Je lui indiquai la croix, et me découvris ; cela parut le rassurer ; il m'attendit. C'était un jeune homme dans la force de l'âge ; deux ou trois haillons lui couvraient les reins ; le chapeau qu'il m'avait volé n'avait plus de forme ; enfin, pour compléter la description de son accoutrement, il avait les pieds enveloppés d'écorce d'arbre amincie, et qui lui montait jusqu'aux genoux comme des guêtres grossières. Je lui adressai la parole en français, ce fut en mauvais portugais qu'il me répondit. Jamais cependant musique ne résonna plus doucement à mon oreille Il entra dans mon habitation qui excita son admiration; j'étais si heureux, que je lui servis tout ce que j'avais de meilleur. Ma qualité de Français le rassura si complètement qu'il fit largement honneur à ma table. Je m'impatientais de son appétit qui ne cessait point, non par le regret de ce qu'il retrancha à mes provisions, mais par le désir d'entrer en rapport avec lui. Je parlais assez bien le portugais. Voici ce que mon impatience obtint de lui.

Esclave dans une station portugaise aux Indes, il avait été débauché par des pirates avec lesquels il était resté plusieurs mois ; ces pirates, pourchassés par un navire européen, s'étaient avancés dans ces latitudes et avaient été détruits jusqu'au dernier. Il était le seul homme qui se fût sauvé, après être resté un jour et une nuit sur un îlot, à plusieurs milles de l'île. Le pros ensablé sur le rivage lui avait fait espérer que les pirates avaient échoué sur cette côte ; mais il m'avait découvert, et me reconnaissant pour Européen, il avait craint que je le tuasse. De son côté, il avait eu la mauvaise pensée de me tuer pour s'emparer de mes dépouilles, de mes armes surtout.

Le récit de mes dernières aventures, qu'il comprit à peu près, le mit si complètement à ma disposition, qu'il me dit qu'il voulait être mon esclave et me servir toujours. Il ne comprit pas d'abord que telle n'était pas mon intention ; mais lorsqu'il en fut convaincu, il se mit à gambader et à manifester une joie d'enfant.

Nous fîmes une couche près de la porte, voulant cependant, tant l'homme est enclin aux distinctions, qu'il y eût entre lui et moi une ligne de démarcation, et je m'endormis avec autant de sécurité que si un nègre qui avait été pirate ne dormait pas sous le même toit. Mes idées furent changées; j'eus de notre réunion une plus grande confiance en moi, et l'île me parut cent fois plus attrayante qu'auparavant. Le nègre se nommait José. Cette race est réellement si inférieure à la race blanche, sous le rapport de l'intelligence, qu'il s'était contenté d'une retraite sur les arbres, où les pluies l'inondaient tous les jours.

Un homme seul n'a que la confiance qu'il puise dans sa force et dans son intelligence; un compagnon quel qu'il soit augmente sa confiance, parce qu'il y a augmentation de puissance. C'est ce que j'éprouvai; mes premières pensées se tournèrent vers les moyens de sortir de l'île. Il me semblait que, si nous avions encore le pros, embarcation qui pouvait aisément contenir trente hommes, nous pourrions la manœuvrer; mais je ne m'arrêtai pas longtemps à cette idée : il faut veiller la nuit, et deux hommes ne pouvaient pas supporter une pareille fatigue. José se montra adroit dans nos petits travaux. Il possédait l'art du vannier, et se servait avec habileté de nos instruments en fer. Une fois qu'il avait conçu une idée, il l'exécutait avec une persévérance contraire à la mobilité de son caractère. Le contact avec les Européens l'avait modifié; toujours doux et soumis, il croyait toujours possible ce que je lui commandais de faire; le souvenir de son esclavage était entré si profondément dans son esprit, qu'il ne mangeait à l'aise que lorsqu'il le faisait après moi.

— Maître, me dit-il un jour, nous pourrions nous procurer de bonne huile autre que celle du coco; des phoques se montrent quelquefois sur cette côte, mais ils sont plus abondants au nord ; la peau est épaisse, et pourrait servir à la chaussure.

— Vous avez raison, José; mais cette chasse peut être dangereuse, et nous consommerions de la poudre et des balles.

José se gratta la tête, ce qu'il avait l'habitude de faire quand il était embarrassé; puis il ajouta :

— Maître, le fer perce la peau du phoque comme celle des autres bêtes... gardons la poudre et les balles, et tuons le phoque avec du fer.

— Mais, José, il nous faudrait un canot, et nous n'en avons point.

Il sourit, en ouvrant démesurément la bouche et montrant un magnifique râtelier. — Il y a des arbres, maître, dans la forêt, là tout près. Non, se reprit-il, celui sur lequel j'avais construit ma hutte est gros, gros comme ces deux tonneaux; il fera un magnifique canot.

Nous allâmes le voir, car j'étais curieux de visiter la demeure de mon compagnon. Cet arbre avait trente-sept pieds de circonférence à hauteur d'homme; mais que de temps pour l'abattre, le creuser et le conduire dans le ruisseau qu'il faudrait élargir !

— Ce travail est au-dessus de nos forces, José; il nous faudrait de plus fortes haches; et votre ancienne demeure, voudriez-vous la détruire ?

— On peut en faire partout, me répondit-il; la forêt a de beaux arbres, mais celui-ci est le plus gros; ce bois est léger, quoique dur... nous le creuserons avec le feu.

— Comment l'abattrons-nous, José ?

— Vous allez voir, maître.

Il se mit à genoux et fouilla la terre avec son coutelas. Je me mis à rire. José leva la tête, et rit aussi; mais il reprit aussitôt son travail. Quand il eut fait un trou assez profond presqu'au pied du tronc, entre deux grosses racines, il courut chercher du bois sec, en remplit le trou, et y mit le feu;

puis il alla faire un trou de l'autre côté, et fit ce qu'il avait fait pour le premier. Il fouilla encore autour du tronc, jusque sous les grosses racines horizontales, remplit les trous de bois, et y mit le feu. Je compris son but, mais je ne comptais guère sur un prompt succès.

— Et le pivot, José ? il sera longtemps avant d'être brûlé.

— Quand un nègre n'a plus qu'une jambe, maître, le vent l'abat.

Trois jours après, le proverbe de José était accompli ; une bourrasque avait renversé l'arbre, dont les immenses débris couvraient le sol. Par le même procédé, José vint à bout des grosses branches.

J'ai oublié de dire qu'il avait eu le soin d'enlever l'écorce du tronc dans une hauteur de quinze pieds, tandis que l'arbre était encore debout ; nous la découpâmes en larges bandes que nous mîmes tremper dans le ruisseau. Voici le moyen que nous employâmes pour le creuser. Avec la petite hache, nous fîmes une profonde entaille dans la partie opposée à celle qui reposait sur le sol, et nous la remplîmes de charbons enflammés ; tandis que j'alimentais et activais ce feu, José, armé de la petite hache, donnait aux extrémités une forme allongée ; mais ce travail allait bien lentement. Il est vrai que les soins de nous procurer du poisson, des fruits ou des oiseaux, nous occupaient plusieurs heures chaque jour ; mais je persistai dans notre projet, car je voulais employer ce canot à toute autre chose qu'à tuer des phoques.

Un matin, José rentra ; je ne sais s'il était joyeux ou effrayé : il me dit qu'il avait vu un navire. Je courus en toute hâte sur le rivage, car le point où le navire était en vue était caché par le rocher de notre habitation. A environ cinq milles, je découvris avec un inconcevable battement de cœur un grand et beau navire ; mais sa voilure pendante, ses mouvements de roulis obéissant aux lames, me firent conjecturer qu'il était en détresse ; cependant aucune tempête n'avait remué l'océan.

— Il vient à nous, maître ; mais je ne vois personne à bord.

— Ah ! si notre canot était prêt, José !

— Venez, me dit-il en courant vers l'habitation, vidons ces tonneaux, réunissons-les avec des lianes, et j'irai au navire.

Tout cela me parut prendre trop de temps.

— Vous nagez bien, José ?

— Comme un poisson, maître.

— La mer est douce ; mesurez la distance des yeux : pourriez-vous aller jusqu'au navire ?

— Les bordages sont hauts, maître ; s'il n'y avait personne, comment pourrais-je monter dessus ?

Cette idée que le navire pouvait avoir été abandonné ne m'était point venue : elle glaça mes espérances. Les yeux de José roulaient dans leur orbite vers toutes les parties de l'habitation.

— Des bambous, maître, et vite un radeau !

Je m'étonnai qu'une idée aussi simple ne me fût pas venue ; nous mîmes activement la main à l'œuvre.

Quatre gros bambous liés ensemble, recouverts de plus petits, et fortement attachés, nous offrirent une plate-forme sur laquelle nous pouvions nous mettre tous les deux ; des rames furent bientôt faites ; nous allions lancer le radeau à l'eau, quand nous vîmes le navire filer avec un roulis qui prouvait qu'il se soutenait sans direction vers notre rivage ; il était probablement emporté par un courant sous-marin. A peu près à un mille de distance, il s'arrêta tout-à-coup,

courba l'avant, puis resta dans cette position inclinée. Il
était arrêté soit sur des rochers, soit sur un banc de sable.

Tandis que je faisais ces observations, José était parvenu
à mettre le radeau à flot, et nous voilà nageant vers le navire. C'était un vaisseau marchand d'environ six cents tonneaux. Arrivés tout près, nous criâmes de toutes nos forces ;
mais personne ne nous répondit. Le radeau, poussé contre
la coque, nous permit de monter à bord en nous servant de
nos poignards comme de crampons. Une odeur insupportable
nous frappa l'odorat, et nos yeux virent un triste et épouvantable spectacle. Sur le pont, un chien était étendu mort
à côté d'un cadavre à demi rongé et en putréfaction ; çà et
là d'autres cadavres déjà couverts de vers ; une nuée d'oiseaux de proie s'éleva de tous les points du navire.

— La peste, maître !... Je reculai épouvanté.

— Jetons ces corps à la mer, dis-je après un instant de
réflexion ; ils sont morts de faim, et non de la peste.

Quand les parties exposées à l'air furent débarrassées de
tous ces corps, nous vidâmes toutes les cabines et les ponts,
où la puanteur était telle que nous faillîmes tomber asphyxiés ;
puis tout fut ouvert, laissant à l'air vivifiant de la mer le
soin de purifier l'intérieur du navire avant que nous le visi-
tassions.

L'air était parfaitement calme ; aucun indice n'annonçait
un changement de temps. Je crus donc que nous pouvions
retourner à notre habitation, et nous livrer à nos occupations
jusqu'au lendemain. J'emportai du navire une boussole que
j'avais trouvée sur l'habitacle, et un coffre qui contenait des
outils de charpentier ; notre radeau ne permettait pas une
plus lourde charge.

Quoique cet accident de mer amenât à notre portée, mît
en notre possession un chargement qui pouvait être considé-

rable, j'aurais mieux aimé y trouver des hommes que toutes ces richesses, qui peut-être me seraient inutiles. José revenait plus heureux que moi : la crainte de la peste ne l'avait pas empêché de s'approprier des vêtements et des foulards qu'il ne cessait de regarder avec admiration.

J'eus une nuit fort agitée ; tant d'espérances venaient de s'évanouir que je me trouvai presque aussi malheureux que le premier jour que je passai dans cette île. José rêva trésors, habits, tabac et rhum ; car le gaillard avait découvert que le navire abandonné en était bien fourni. Son plan était tout fait. Le navire avait une chaloupe assez grande, elle nous servirait pour le transport des marchandises et des précieux barils. Il ne dormit pas plus que moi ; aussi conversâmes-nous une partie de la nuit.

— Maître, il y a de bons petits barils à bord ; croyez-vous qu'ils ne les ont pas vidés avant de mourir ?

— Nous le saurons demain, José.

— Je voudrais bien le savoir aujourd'hui, maître ; ceux que j'ai frappés sonnaient le creux.

— C'est qu'ils étaient vides, José.

— Hélas ! oui, dit-il avec un large bâillement. Mais il y a de gros ballots là où on ne les met point, maître.

— C'est que la cale est pleine, José.

— C'est un navire de six cents tonneaux, maître, et un pareil navire a le ventre large.

— Nous saurons demain ce que contient ce ventre, José.

— La nuit est bien longue, maître.

— Oui, quand on ne peut dormir, José.

— Je vois une petite lueur au-dessus de la porte, maître.

— C'est celle de la lune. Tâchez de dormir ; demain la journée sera pénible.

— Oh ! que non, maître ! Avez-vous admiré mes beaux
foulards?

— Vous n'avez pas craint la peste, José?

— Oh! non ; vous m'avez dit qu'ils étaient morts de
faim. Avez-vous remarqué ce chien sur un cadavre? je lui
ai donné un coup de pied...

— Combien avons-nous jeté de corps à l'eau, José?

— Cinquante-trois, maître. Le capitaine était plus gras
que les autres.

Je ne sais pourquoi cette observation me blessa ; je ne
répondis plus. Me croyant endormi, José se leva, ouvrit la
porte, et examina les foulards au clair de la lune. Grand
enfant ! ainsi sont tous ceux de sa race.

Dès que le jour parut, nous ramions vers le navire ; et
quand nous l'eûmes abordé, je pus remarquer que l'odeur
de putréfaction avait persisté, mais elle était supportable.

Le navire n'avait pas une once de nourriture, et, à la stu-
péfaction de José, tous les barils de rhum étaient vides. Sans
faire l'examen des objets, nous chargeâmes la chaloupe et
fîmes un transport à terre ; trois autres le suivirent, et il
semblait qu'on n'avait rien enlevé du navire.

Durant cinq jours nous continuâmes nos voyages ; la
grève était couverte de malles, de ballots, et il fallut songer
à les mettre à l'abri ; le temps menaçait de pluie. Il est
étonnant combien l'amour de la possession donne des forces
à l'homme ! José et moi fîmes des travaux que n'eussent pas
exécutés six hommes vigoureux. Mon habitation était si
pleine que nous fîmes la cuisine et mangeâmes en plein air.

Le gros temps que je prévoyais arriva, et battit si violemment le navire qu'il le jeta sur la côte ; il nous venait en
aide ; mais ce que nous retirâmes était presque tout avarié.

C'était un navire anglais de Bristol ; il était chargé de

marchandises des Indes, et à demi armé en course. Nous sauvâmes quatre-vingts fusils, une grande quantité de munitions, et des armes de toute espèce. Pour abriter cet énorme butin, il nous fallut élever à la hâte un immense hangar; nous le couvrîmes avec des toiles à voile, et l'entourâmes de tonneaux et de caisses. José, qui savait qu'il avait sa part de tout ce butin, devint craintif et soupçonneux; il croyait toujours voir des voiles en mer... Ils nous enlèveraient tout, me disait-il; et, s'ils ne nous tuaient pas, ils nous emmèneraient comme esclaves. Ces observations ne laissèrent pas de me faire impression . j'établis quatre petits canons sur notre rocher.

Chez un un peuple superstitieux, Josué eût passé pour prophète, car, quelques jours après la manifestation de ses craintes, nous découvrîmes en mer une flottille de pros. Évidemment c'étaient des pirates égarés, ou chassés sur ces mers solitaires.

— Maître, ce sont des pros malais... quatre, cinq, et l'autre qui vient sous le vent; s'ils nous découvrent, nous sommes perdus... Je lui montrai nos canons, qui cependant ne me rassuraient guère.

Nous nous mîmes aussitôt en mesure de nous défendre; tous les fusils furent chargés et mis en ordre; nous chargeâmes aussi nos canons élevés sur des affûts improvisés. Les pros pointaient sur l'île, mais non sur notre côte... Les richesses nous avaient rendus craintifs; voir passer tant de choses, que le hasard nous avait livrées, entre des mains rapaces, me désespérait. En supposant chaque pros monté par quinze hommes, nous aurions à repousser une centaine de pirates déterminés. De la crainte je passai à l'audace quand j'examinai notre position. Le rocher s'élevait roide à plus de trente pieds des lisières de la grève; l'abord en était assez escarpé ; durant la nuit nous pouvions le rendre impraticable, car nous avions des instruments en fer ; enfin je comptais sur nos canons et nos fusils, qui nous permettaient de tirer longtemps sans relâche.

Je m'endormis en songeant aux Malais, que je revis dans mes rêves, et, quand le jour parut, je vis que José n'avait pas été plus tranquille que moi ; il avait caché ses foulards et son tabac dans les trous faits sous le sable. La journée était presque écoulée, nous n'avions point allumé de feu de bois, à cause de la fumée, quand José, qui s'entendait admirablement à faire le guet, vint me prévenir que les pirates étaient sur les débris du navire. C'était trop près de nous pour que je fusse rassuré.

Quand le jour parut, nous avions un retranchement en terre et en bambous de dix pieds d'élévation, au-devant duquel se trouvait un fossé de trois pieds de profondeur ; il n'avait en longueur que le petit espace où nous montions à l'habitation, inaccessible de tous les autres côtés. Nous nous trouvions donc bien clos, et attendîmes l'ennemi.

Il est probable que les Malais crurent que le navire avait été abandonné après avoir été pillé, car ils ne firent aucune recherche dans l'île, mais ils prirent un parti qui devait nous être fatal. Le vaisseau était en assez bon état ; ils se mirent en devoir de le réparer, ce qui demandait du temps et nous exposait à être infailliblement découverts. Nous manquions de provisions, et nous pourrions nous rencontrer quand même ils ne découvriraient pas de traces sur le rivage ; d'ailleurs encore notre hangar était en dehors de l'habitation, nos travaux étaient visibles... Mes inquiétudes devinrent si vives que je pris un parti extrême et qui nous exposait à périr, mais qui pouvait aussi nous sauver. Le voici.

Nous avions emporté du navire un tonneau de brai et de soufre ; nous trempâmes des roseaux secs dans ce brai, en fîmes des faisceaux soupoudrés de soufre ; puis je formai le projet d'aller la nuit jeter ces matières dans le navire que les Malais avaient remorqué dans une anse du rivage. José fut si enchanté de mon plan qu'il voulut le mettre seul à exécution, et parvint à me prouver que la réussite serait plus assurée s'il y allait seul.

Il alla observer les pirates, et remarqua qu'ils couchaient à terre ou dans leurs pros ; ceux-ci se trouvaient ancrés de l'autre côté du vaisseau ; dès que la nuit était arrivée, ils prenaient leur repas du soir, puis se livraient au sommeil.

La nuit était noire quand notre radeau fut chargé des paquets incendiaires. José avait pris une corde au bout de laquelle se trouvait un crampon, puis chaque paquet, pour être enlevé plus facilement, avait une petite corde de liane. Il partit ; j'étais sur des charbons ardents ; je me repentais de ne pas l'accompagner. Ce regret fut si vif que je l'appelai, et m'avançai dans la mer ; il fallut qu'il me reçût sur le radeau.

— Maître, dit-il, ce n'est pas bien ; il était convenu que vous resteriez dans l'habitation... Mais allons doucement, doucement.

Il pouvait être le milieu de la nuit quand notre vue, qui rasait la surface de la mer, découvrit la masse du navire. Nous cessâmes de ramer pour écouter. Le bruit se propage si facilement sur l'eau que nous entendîmes les clapotements de la vague contre les flancs du navire ; ils étaient bien différents de ceux que rend la lame en se brisant sur la grève... la haute mer se faisait, et son murmure sourd couvrit le bruit de nos rames. Nous abordâmes du côté opposé à la terre, et, couverts par l'énorme masse du navire, nous étions en sûreté contre les regards les plus habitués aux ténèbres. José grimpa le premier à bord, puis écouta; il n'y avait pas un souffle de bruit. Je montai, et entraînai avec moi le faisceau de petites cordes; ensuite, tandis que j'enlevais sans bruit chaque faisceau, José allait les placer dans les endroits les plus propres à propager l'incendie. Ce travail dura une heure. Je battis le briquet dans une cabine, et, divisant de l'amadou en autant de parties que nous avions de paquets incendiaires, nous déposâmes chaque partie au milieu d'un paquet sur une pincée de poudre. Je tenais à la main une demi-noix pleine d'huile, où brûlait une mèche. Les deux derniers paquets prirent feu avant que nous eussions le temps de nous retirer; mais, comme ils étaient dans la cale, cet accident ne pouvait nous trahir. Descendus sur le radeau, nous nous éloignâmes, mais avec tant de peine, à cause du mouvement de la haute mer, que nous faillîmes plus d'une fois chavirer. Enfin, lorsque nous fûmes couverts par la pointe de terre, nous prîmes un peu de repos.

— Maître, enfonçons le radeau, nous monterons sur les rochers, d'où l'incendie nous apparaîtra dans toute sa beauté.

Le conseil était bon, car notre radeau pouvait nous faire découvrir. Il fut exécuté, et je me proposais bien aussi de remplir notre barque d'eau, quoiqu'elle fût cachée sous des mangliers à l'embouchure du petit ruisseau.

Le ciel était calme, pur; une clarté douteuse tombait des étoiles; la mer montante grondait sourdement; les clapotements du rivage s'élevaient, se multipliaient, mais nous ne voyions aucune lueur sortir du navire.

— Maître, de la fumée là-bas; voyez-vous?

Sa vue était meilleure que la mienne; mais si je ne vis pas la fumée, je vis bientôt un jet de flamme s'élancer semblable à celui qui sort de la gueule d'un canon. **José se** mit à sauter.

— Ce sera beau, maître, bien beau. Allons donc, brûle donc !...

Comme si ces paroles avaient eu le pouvoir d'activer l'incendie, il s'étendit soudain, lames, langues, serpents ondoyants. Il éclaira au loin, et nous vîmes les pirates accourir sur le rivage, s'agiter, se rendre à leurs pros ; puis nous entendîmes leurs clameurs sauvages. José ne pouvait contenir sa joie ; il sautait, se tordait les bras ; il était fou de bonheur.

L'incendie avait envahi tout le navire ; il ressemblait à un cratère ardent. Les pétillements, les craquements arrivaient jusqu'à nos oreilles. Soudain une immense explosion retentit dans l'air ; les bois enflammés sont lancés comme des gerbes de flammes, puis tout retombe dans l'osbcurité de la nuit. Nous n'avions pas emporté toutes les poudres ; quoique ce projet eût été conçu dans l'intérêt de notre sûreté, j'éprouvai cependant un grand serrement de cœur en voyant la destruction de ce navire qui avait coûté tant de travaux aux hommes.

Qu'allaient faire les pirates ? José alla les observer. Malheureusement l'explosion avait endommagé leurs pros ; ils passèrent encore le jour suivant à les réparer, puis reprirent la mer.

Je crus bien que j'allais en être délivré ; José le crut comme moi, et c'est ce qui nous les attira sur les bras. Le nègre imprudent alluma du feu pour faire griller du poisson ; la fumée fut aperçue par les Malais. Un de leurs pros tourna vers l'île et vint aborder sur notre rivage, où la vue de notre hangar les avertit que l'île était habitée. Ils descendirent à terre au nombre de dix.

— Attention, José, ils se dirigent vers le hangar. Aux fusils !...

Il s'élança, la bouche pleine de poisson.

— Feu ! dis-je. Nos deux balles atteignirent le groupe, qui n'eut pas le temps de revenir de sa surprise, car une seconde, puis d'autres décharges précipitées les criblèrent; un seul put se sauver sur le pros.

— Pointez une pièce ! criai-je à José. Un boulet alla briser le petit mât du pros, qui s'éloigna aussitôt à force de rames.

Les autres vinrent à sa rencontre; mais loin de pointer vers l'île, ils prirent le large. Neuf hommes étaient étendus sur le rivage; plusieurs avaient été tués, mais deux s'étaient levés sur les genoux. Sans que je l'eusse commandé, José les abattit avec une telle rapidité que je soupçonnai qu'il avait craint ma désapprobation.

C'est une terrible chose que de détruire un de ses semblables; mais la nécessité nous y contraint souvent, et c'est une bien cruelle nécessité. José ne fit aucune réflexion, il se réjouit dans son triomphe. La civilisation change la nature féroce de l'homme; José était bon cependant.

III

Ici commence pour moi une époque remarquable dans ma vie si accidentée et soumise au malheur ; mais je ne veux pas devancer les événements.

Les jours qui suivirent l'attaque des Malais furent employés à élever mon habitation d'un étage, afin d'y placer tout ce qui était en dehors. Une caverne, que José découvrit dans le même rocher, reçut le superflu de ce que nous ne pûmes loger dans notre intérieur ; il nous fut donc possible de circuler dans l'habitation. Mais nous ne connaissions point encore la nature de nos richesses ; elles se composaient de tissus des Indes, de café, de thé et de sucre ; plus, d'une somme considérable en or. Deux tonneaux étaient pleins de farine, de grains, de riz, mais tellement avariés qu'il était impossible de les utiliser. Ils furent vidés au bord du petit ruisseau, où je fis laver et rincer les deux tonneaux. Ces occupations nous avaient pris trois jours et demi, et nous avions travaillé avec un courage, une force que l'amour de la possession peut seul donner. Jusqu'au sixième jour, le temps fut employé à mettre notre intérieur en ordre, et nous comptions nous donner un jour de repos ; mais notre espoir fut trompé. José, qui faisait chaque jour une petite tournée dans les bois ou le long du rivage, me rapporta que, s'étant rendu sur le point où nous avions incendié le navire, il avait trouvé, étalé sur la grève, une grande quantité de planches, de fer et d'autres débris qui pouvaient nous devenir utiles ; il m'engagea à aller les examiner. Ce fut le soir même que je m'y rendis ; je n'avais qu'un fusil et quelques cartouches.

Ces épaves étaient considérables ; le navire avait sauté à l'entrée d'une anse, et peu de ses débris s'étaient abîmés dans la mer. La nuit nous surprit, nous la passâmes dans le campement des Malais, tranquilles sur notre habitation et toutes nos richesses, l'île étant inhabitée. Le jour suivant se passa à rassembler ceux des débris qui nous parurent utiles. Il était nuit close quand nous arrivâmes sur la grève en face de notre habitation. Quel fut mon étonnement en la voyant éclairée et en entendant un grand bruit de voix, et celui de caisses, tonneaux, et autres objets qu'on déplace !

— José, dis-je tout saisi, on a envahi notre habitation.

— Les Malais, maître ; voici leurs pros. Il indiquait le rivage.

Un sentiment de fureur s'empara de moi, j'allais me jeter au milieu d'eux, tête baissée. José me retint.

— Restez là, derrière cette pointe de rocher ; le corps de José est noir comme la nuit... Restez, maître, je vous en conjure.

Il avait raison, j'étais hors d'état d'agir ; j'attendais avec des battements de cœur affreux : tous mes sens étaient éveillés d'une façon surprenante. Une demi-heure se passa ; j'entendais toujours le même tapage : déjà on avait emporté plusieurs fardeaux dans les pros. Une idée subite me vint : en me traînant sur le ventre, j'atteignis le rivage, et lorsque les porteurs furent éloignés, j'entrai dans le pros qu'on chargeait de mes fusils et d'un baril de poudre. Je jetai les fusils à la mer, ainsi que le baril de poudre, puis détachai le pros que je poussai au large; j'en fis autant aux quatre autres; le vent soufflait de terre et les poussait en mer. Quand les Malais revinrent avec de nouvelles charges, les pros étaient déjà loin. Les autres accoururent à leurs cris. En m'esquivant j'avais atteint la base du rocher sur lequel reposait mon habitation; j'en vis descendre José, il courait vers le lieu où il m'avait laissé.

— José ? criai-je d'une voix comprimée.

Il s'arrête, écoute. Je répète mon appel. Il vient à moi.

— Deux sont encore dans l'habitation, me dit-il; venez.

Le mur franchi, nous tombâmes sur les Malais tellement à l'improviste qu'ils furent tués avant de pouvoir se défendre.

— Jetez-les par-dessus la muraille, José, et chargeons nos fusils.

Ceux des Malais étaient contre le mur, ainsi que plusieurs des nôtres.

— Les canons sont chargés, maître; tirons sur ces misérables voleurs... Tenez, ils emportaient mes beaux foulards.

Il me montrait effectivement un tas où ils étaient rassemblés.

La porte fut rétablie, un tonneau placé dans l'ouverture du mur faite par les Malais. Nous attendîmes peu de temps, il est vrai; mais il me parut un siècle. Quelques Malais revinrent à l'habitation; ils parlaient haut et avec animation. Nous fîmes feu, puis encore feu; les autres accoururent. Alors je dirigeai sur la masse noire nos petites pièces de canon; quatre coups partirent, et la masse disparut, fuyant les uns vers le rivage, les autres vers les forêts. Recharger fut l'affaire d'un instant; jamais mon énergie n'avait été exaltée à ce point; mais les pirates ne reparurent plus. Je tombai brisé de fatigues morales et physiques, au milieu du désordre de notre habitation ; José me parut un homme de fer : il surveilla tout, et me soigna. Le jour nous permit de compter quinze cadavres sur la grève et les deux au bas du mur ; mais combien restait-il encore d'ennemis ? Nous n'étions que deux hommes.

Dans les plus cruelles anxiétés, j'attendis les événements que la journée devait m'apporter ; mais les pirates ne se montrèrent nulle part. José sortit à la tombée de la nuit, et, avec cet instinct merveilleux du sauvage, il battit les environs sans rencontrer aucun Malais.

— Ils se sont enfoncés dans les forêts, me dit-il ; ils tomberont sur nous quand nous n'y penserons point.

Fortifier l'habitation, remettre l'ordre dans son intérieur et aller durant la nuit chercher du poisson, telles furent les occupations qui calmèrent nos esprits durant cinq jours. José faisait tous les soirs une battue aux environs, et ne découvrait jamais personne. Enfin il fut plus heureux, et vint m'apprendre que les Malais, ayant trouvé notre pirogue commencée, y travaillaient activement.

— Laissez-les travailler, José ; ils s'éloigneront de l'île.

— Cela fera une magnifique pirogue, maître ; trente hommes dedans, de bonnes rames ; elle volera comme un oiseau.

— Combien sont-ils encore, José ?

— Il faisait bien noir, maître... vingt, trente ; peut-être plus.

— La pirogue est-elle avancée ?

— Elle est sur le bord du ruisseau, maître.

Malgré ses yeux, son activité et son instinct de surveillance, José n'avait pas tout découvert : les Malais avaient trouvé notre barque, et nous les vîmes, deux jours après, s'éloigner avec nos deux embarcations ; nos boulets ne les atteignirent point.

Si les Malais avaient connu notre petit nombre, ils n'auraient pas pris le parti de la fuite, car nos deux embarcations nous parurent chargées de monde ; ils pouvaient être encore au moins quarante. Nous ignorions qu'ils avaient laissé leurs blessés. Ainsi l'ennemi se trouvait encore à nos portes.

Plus d'un mois s'était écoulé depuis les événements que je viens de rapporter, nous l'avions employé fructueusement et dans la plus entière sécurité, quand, un jour que nous étions allés chasser dans la forêt, nous descendîmes jusqu'au lieu où nous avions commencé la construction d'une pirogue : nous y trouvâmes les restes d'un brasier ; les cendres étaient encore chaudes. Nous restâmes comme pétrifiés. Encore des hommes ! encore des ennemis ! encore des luttes, du sang, des morts ! Ces idées me traversèrent l'esprit... j'eus peur... de sinistres pressentiments m'assaillirent : je ne trouvai un peu de sang-froid qu'en regardant le visage calme de José.

— Ils sont cinq, me dit-il ; voyez autour, cinq places sont marquées dans l'herbe. Je crois qu'ils n'ont pas de fusils, j'en aurais entendu le bruit quelquefois ; et puis il n'y a que des débris de fruits et de coquillages.

Cela me rassura, et nous rentrâmes assez calmes à l'habitation... Mais adieu le repos d'esprit, cette moitié de la vie ; adieu le sommeil paisible, les journées pleines de sécurité ! quand notre petit nombre sera connu, on nous tendra des piéges, et nous y tomberons.

— Maître, me dit un jour José, ce voisinage vous attriste : prenons nos fusils et mettons-nous en embuscade. On en

tue un, puis un, puis encore un, et il n'en reste plus que
deux...

— Que vous voudriez aussi tuer, José.

— Oh! oui, maître, et les jeter à l'eau.

— Si nous en faisions des amis, José?

— Des amis, maître! des amis des Malais!... quand ils
verraient toutes nos richesses, nos foulards! Oh! il ne faudrait dormir que d'un œil.

Il avait encore raison avec son gros bon sens; il fallait
donc ou leur donner la chasse, ou vivre dans des transes
continuelles.

Le premier parti était le plus sage; car, au bout du
compte, il y aurait toujours du sang versé.

Notre plan fut dressé; pour ne pas laisser l'habitation
seule, José s'arma d'une manière formidable et se mit en
route à l'arrivée de la nuit. Il m'avait prouvé qu'il connaissait l'île et qu'il savait dépister son ennemi. J'eus confiance,
mais je n'eus pas de repos d'esprit durant les cinq jours
qu'il fut absent. A son retour, il m'apprit que les Malais
s'étaient retirés et fortifiés dans la petite île qui m'avait
charmé, lors d'une de mes excursions; qu'ils avaient enlevé
une partie du fer du navire incendié, et qu'ils ne seraient
pas faciles à débusquer. D'après ces données, je réglai notre
plan d'attaque, et, armés chacun de deux fusils, de pistolets
et d'un coutelas, nous remontâmes le petit ruisseau. José
marchait en avant, en éclaireur.

Il y a des coups du hasard si étranges qu'on peut les
croire arrangés par l'imagination pour produire de l'effet.
Une demi-heure s'était à peine écoulée depuis que nous re-
montions le ruisseau, seule route praticable, à cause des
impénétrables forêts qui le longeaient dans tout son cours,
quand j'entendis un coup de fusil, puis un autre, puis un

faible coup. Je courus autant que les obstacles me le permirent, et, lorsque j'arrivai, je vis mon brave nègre appuyé
sur un genou, le dos à un arbre, et se défendant contre
trois Malais, dont un, qui était blessé, paraissait le plus
acharné. Mes deux coups de fusil le débarrassèrent de deux
ennemis ; je sautai sur le troisième, que j'abattis d'un coup
de pistolet.

— Ah ! s'écria José, il était temps !

Je vis qu'il était blessé à la cuisse, à la poitrine et au bras
gauche.

— Ecrasez la tête de cette vermine, maître... voyez !...

Le Malais déjà blessé, et dont j'avais traversé le corps
d'une balle, faisait tournoyer son kris pour me le lancer ;
ce qu'il fit, mais trop tôt. Je l'étendis roide à côté des
autres.

Une des blessures de José me parut dangereuse, celle
de la cuisse. Il ne paraissait pas s'en préoccuper beaucoup,
car il chargeait d'injures les cadavres des Malais, et leur
montrant le foulard bariolé qu'il avait à la tête, il leur
disait :

— On le prend quand José ne se tient plus du tout,
quand José a la face contre terre. José ne l'a pas volé ;
c'est le bon Jésus qui le lui a envoyé dans un grand
navire.

Malgré ces bravades, je vis José faiblir, s'appuyer contre
l'arbre, puis s'affaisser sur lui-même.

Un homme de mer sait toujours panser une blessure ; je
nettoyai et bandai celle de mon brave compagnon

— J'ai soif, maître...

Je lui apportai de l'eau ; mais le voyant en sueur, je lui
donnai le lait d'un de mes cocos. Il me remercia du regard,

car son exaltation était tombée : il avait perdu beaucoup
de sang

Je cherchai des yeux un lieu où je pusse le porter : celui
où il était étendu me parut le meilleur. Je traînai les cadavres dans les buissons, puis je vins m'asseoir auprès de mon
pauvre camarade. Sa vue s'affaiblissait; je ne voyais plus
que le blanc de ses yeux. Effrayé, je mis la main sur son
cœur, il battait faiblement. A force de soins je le rappelai à
la vie : il demanda encore à boire. La fièvre allait se déclarer, je le vis à l'animation de son visage, et le soleil
baissait. Je fis à la hâte un abri de branchages, cueillis des
plantes molles et sèches, les fourrai sous son corps; puis
j'amassai du bois sec pour entretenir un grand feu et
chasser l'humidité de la nuit. Le souper que je fis fut bien
triste ; cependant la faim me sollicitait vivement; mais les
jours de José me paraissaient en danger. Assis près de lui,
tenant sa tête sur mes genoux, je suivais avec angoisse, à
la lueur du feu, les mouvements des muscles de son visage :
une fièvre terrible les agitait convulsivement.

Il y avait environ deux heures que j'étais dans ce douloureux silence, quand mes paupières s'affaissèrent, malgré
mes efforts pour rester éveillé : mon regard se porta vers
le brasier, et je vis, ou plutôt j'entrevis une grande ombre
les mains étendues sur le feu. Je crus que je rêvais, que
j'étais en proie à une hallucination. Mais non... c'est un
homme ; il est à demi couché; je vois son visage, son
épaisse chevelure ! Pourtant les Malais sont tués... j'ai traîné
leurs cadavres dans les buissons; ils avaient la rigidité de la
mort.

Quand mes idées furent plus nettes, je distinguai parfaitement un de nos ennemis. Je déposai doucement à terre la
tête de José, et, prenant mon coutelas, je m'avançai vers

lui. Il m'entendit, ne fit pas un mouvement ; mais quand son œil rencontra le mien, il était si abattu, si suppliant, que la pitié me prit au cœur. Je me penchai sur lui, il ne dit rien ; mais il me montra sa blessure recouverte d'une feuille d'arbre. Je devins chirurgien au lieu de bourreau, je pansai la blessure, puis j'allai lui chercher des herbes sèches, et lui donnai un coco ouvert. Il le but avidement et me remercia du regard, cette langue universelle. Quand je le vis suffisamment établi, je ravivai le feu et retournai à mon brave José. Malgré moi je m'endormis, et me réveillai fort tard. José dormait paisiblement, j'eus l'espoir de le sauver ; quant au Malais, il était éveillé, et poussait de petites branches dans le feu. Il fallait que cet homme eût fait le mort, ou que la vie fût bien vivace en lui, car il put s'asseoir et manger une banane cuite. Mon pauvre José attira mon attention, et me réjouit au-delà de toute expression, quand je l'entendis pousser un large et long bâillement. Le sommeil lui avait été favorable.

Deux jours après je pus retourner à l'habitation avec deux convalescents. D'un côté, je me réjouissais d'avoir un homme de plus, et, de l'autre, je redoutais la perfidie bien connue des Malais. José revenait souvent sur ce chapitre ; sa nature franche ne lui permettait pas de montrer un bon visage à notre nouveau commensal.

J'ai négligé de parler d'une chose importante, entraîné que j'ai été par le récit des événements. J'y reviens aujourd'hui que j'ai à parler de quelques jours plus calmes.

José, ignorant comme un nègre, avait été baptisé, mais ne connaissait de la religion que des pratiques : au moindre danger, que dis-je ! à la plus légère émotion, José se signait et invoquait les saints en renom chez les Portugais ses anciens maîtres. Mais là s'arrêtait son esprit, et il donnait machinalement ces preuves extérieures de piété. J'avais eu soin de lui donner une idée plus élevée de notre sainte religion. Souvent, le soir, quand nous faisions la prière, j'expliquais à José ce que je croyais bien comprendre ; cela me l'avait attaché si fortement qu'il se fût exposé à une mort certaine plutôt que de me laisser courir le moindre danger. Dire qu'il n'eût pas encore des idées d'une puérile superstition, lui qui avait été élevé dans la croyance aux amulettes, aux gris-gris, ce serait trop accorder à mes ins tructions ; mais il est certain que José s'était instruit, qu'il avait de notre religion des idées aussi saines que son intelligence le permettait.

Le Malais était musulman, et tout aussi ignorant dans sa religion que l'avait été José ; mais il était fanatique et féroce. Le soir et le matin, au milieu du jour, il faisait régulièrement ses prières et ses ablutions ; et quand nous priions, José et moi, il se tenait à l'écart, manifestant une répugnance que sa position vis-à-vis de nous lui commandait de dissimuler. Il se prêtait volontiers à tous les travaux ; quand il le pouvait, il allait s'étendre à l'ombre, en vue de la mer, et fumait en laissant ses regards errer sur l'océan.

— Cuivre-Jaune nous jouera un mauvais tour tôt ou tard, me disait souvent José, qui désignait le Malais par l'épithète de Cuivre-Jaune, à cause de la couleur de sa peau ; si je pouvais converser avec lui encore ; mais les Bambaras n'ont pas une langue plus sauvage.

— Nous aurons, chacun de notre côté, l'œil ouvert sur sa conduite, José ; que peut-il faire contre nous?

— Il ne devrait pas coucher dans l'habitation, maître... deux hommes qui dorment ne valent pas un enfant éveillé.

Souvent je partageais les soupçons de José, mais souvent aussi ils me paraissaient exagérés. Que le Malais, si diffé-

rent de nous par les mœurs, par les habitudes, par le langage, désirât retourner au milieu des siens, je le comprenais
parfaitement, moi qui ne songeais qu'aux moyens de retourner dans ma patrie ; mais qu'il conçût la pensée de se
défaire de nous qui l'avions sauvé, qui lui étions nécessaires, c'est ce que je ne voulais pas admettre. La marotte
de José était ses beaux foulards ; il prétendait qu'il voyait
le Malais les regarder d'un œil d'envie ; et de là il tirait la
conclusion qu'il convoitait toutes nos richesses, qu'il tâcherait de se les approprier.

Cette persistance de José à me représenter Cuivre-Jaune
comme un commensal dangereux ne laissait pas de faire
impression sur moi ; peu à peu mes manières bienveillantes
devinrent plus réservées pour le Malais. Soit qu'il s'en
aperçût, soit que l'ennui le gagnât, car il ne se prêtait point
à apprendre notre langue et n'avait de rapports avec nous
que par gestes, il devint plus sombre, plus retiré, et évita
notre présence toutes les fois qu'il le put.

— Maître, si je découvre des pros en mer, je casse d'a-
bord la tête de Cuivre-Jaune.

— Oh ! mais, José, il pourrait leur raconter les bontés
que nous avons eues pour lui, et les disposer à devenir nos
amis, à nous aider à sortir d'ici.

José étendit vivement la main autour de lui, en me montrant nos ballots, nos caisses, et me dit :

— Les Malais ne seront jamais les amis de ceux qui possèdent toutes ces richesses...

— Ils aiment trop les belles choses... et les beaux foulards, ajoutai-je.

— Voyez, maître, comme Cuivre-Jaune est devenu or-
gueilleux depuis que vous lui en avez donné pour se faire
un turban.

4

L'observation de José était juste ; le Malais avait tâché d'imiter cette coiffure, en enroulant des foulards que je lui avais donnés ; mais ceci ne prouvait pas qu'il convoitât tout ce que nous possédions. Quoi qu'il en soit, la défiance augmentait, et l'intérêt que je portais au Malais diminuait.

Ainsi nous nous éloignions les uns des autres, les esprits s'aigrissaient de plus en plus ; car, si nous expliquions au point de vue de nos défiances les actions et même les pensées du Malais, lui, de son côté, interprétait les nôtres au point de vue de sa propre défiance.

José ne me laissa point de repos que je n'eusse consenti à élever une hutte hors de la portée du rocher, pour y loger Cuivre-Jaune ; celui-ci eut l'air de trouver cela naturel ; mais je surpris dans ses regards des élans de haine, de fureur comprimée. Il ne vint plus que rarement à l'habitation, et pourvoyait lui-même à sa nourriture.

Je lui envoyai par José quelques ustensiles de cuisine.

— Il n'a paru ni content ni mécontent, me dit José ; il n'a pas fait semblant de comprendre que vous vouliez qu'il fût plus à l'aise.

Tout cela ne laissait pas de me donner des inquiétudes. Notre conduite devait indisposer le Malais, et lui donner des pensées de vengeance. Il eût été plus sage de nous tenir sur nos gardes et de vivre comme nous avions vécu les premiers jours de notre communauté.

Ce fut à cette époque qu'une tempête, telle que je n'en ai jamais vu, faillit nous emporter tous au fond de la mer. La journée avait été lourde, étouffante ; nous n'avions pu nous livrer à nos petits travaux, trouvant à peine la force de nous remuer sur nos couches, où nous nous étions étendus.

Au nord, la teinte cuivrée du soleil, où s'amassaient des nuages bas et lourds, présageait un orage ; mais ils sont si fréquents dans ces latitudes qu'on a seulement le soin de se mettre à l'abri quand ils éclatent, et qu'on les laisse passer sans plus s'en inquiéter qu'on s'inquiète en Europe d'une forte averse.

L'eau de la mer devint trouble, s'agita en bouillons, puis en masses ; puis ces masses se heurtèrent, se couvrirent d'écume ; puis enfin la grande voix de l'océan retentit dans l'espace. Des tonnerres sourds, lointains, étouffés par les hurlements des flots, roulaient dans les intervalles de silences courts, saccadés de l'océan ; et, comme un drap funéraire, un voile de nuées sombres, rougies d'éclairs, s'étendit sur la mer et sur l'île. Je n'avais point encore vu la nature faire des préparatifs de bouleversement si formidables. José se signait à chaque éclair, à chaque coup de tonnerre ; et, comme la terreur me gagnait, je priais aussi le ciel d'avoir pitié de nous.

Bientôt les flots ne se jetèrent plus en lames brisées sur le rivage ; ils s'y lancèrent en masses semblables à des montagnes ; il me semblait que notre rocher tremblait à chaque choc. La mer gagna du terrain, couvrit le rivage, que je ne lui avais jamais vu atteindre, et des gouttes d'eau, puis des petites masses, puis la crête des montagnes d'eau, lancées contre le rocher, battirent les murs de notre habitation, enfoncèrent le toit, et nous inondèrent.

— A la caverne, José, ou nous périssons !...

Il restait insensible, ou ne m'entendait pas. Je le secoua violemment, et lui répétai mes paroles.

— Comment l'atteindre ? me demanda-t-il d'un air consterné.

— Ici nous périssons, José...

— Que la volonté de Dieu se fasse, me répondit-il.

Il avait perdu toute force morale. Notre premier étage craqua, des ruisseaux d'eau nous assaillirent... j'entraînai José.

— C'est la fin du monde, maître ; que le bon Jésus ait pitié du pauvre nègre !

Nous gravîmes en rampant, car le vent nous eût emportés si nous eussions été debout, le sentier tracé dans le rocher pour atteindre à la caverne, où les flots ne s'élevaient point encore ; on eût dit que des seaux d'eau tombaient d'une grande hauteur sur nos corps qu'ils meurtrissaient. Enfin j'arrivai le premier ; José me suivait, mais dans un état complet d'hébêtement. La caverne était à plus de soixante pieds au-dessus de notre habitation.

— Les flots ne viendront pas jusqu'ici, dis-je à José.

— Ils vont au ciel, me répondit-il douloureusement.

En effet, les nuées étaient si basses que les eaux se jetaient dans leurs masses qu'on voyait refoulées, puis précipitées dans l'espace laissé par l'eau retombée. C'était affreux... tous les sens étaient étourdis, épouvantés ; l'âme était glacée de terreur.

A la lueur des éclairs, je voyais des montagnes d'eau couvertes d'écume courir sur l'océan, bondissantes, échevelées ; cela me rappela les belles expressions du psaume : *Montes exultaverunt sicut arietes, et colles sicut agni ovium.* Mais quelle différence, mon Dieu ! je tombai dans un état qui n'est ni la vie ni la mort, mais qui ne laisse que la sensation, la conscience de l'existence.

Cette situation violente et presque désespérée, durant le reste de la nuit, changea subitement au lever du soleil. Le vent tomba sensiblement, sauta à l'est, et balaya les nuages ; un soleil resplendissant inonda de ses feux les plaines mouvantes de l'océan qui fumait encore dans sa fureur indomptable...

Que l'homme se trouve petit en présence de ces grandes et imposantes scènes de la nature ! un navire est son chef-d'œuvre ; il a déployé pour sa construction toutes les puissances de ses arts, toutes celles de l'intelligence des siècles, accumulée dans un seul siècle, et ce vaisseau est emporté comme une paille sur les lames, lancé dans les abîmes, ballotté comme un fétu à la cime des montagnes d'eau ! Image de la puissance de l'homme en présence d'une des manifestions de celle de Dieu s'exerçant sur un de ces milliers de mondes, peuplades lumineuses des empires sans limites des cieux ! Ce que j'avais sous les yeux, en me révélant la petitesse, l'inanité de la vanité humaine, me révélait aussi une âme capable de comprendre la puissance infinie de Dieu, capable de sonder les profondeurs sans fond de l'univers, capable aussi de le comprendre dans les limites de sa puissance.

J'avais tout oublié ; José, qui n'avait vu que le tumulte des éléments, que les dangers qu'il avait courus, me rappela à la réalité de mon existence, en me disant : Maître, l'habitation n'a plus que la muraille. Nous descendîmes. Quel spectacle ! le premier étage et le toit avaient été enfoncés, les matériaux emportés par les flots, et nos richesses, pour me servir des expressions de José, se trouvaient entassées pêle-mêle, ruisselantes d'eau, dans le rez-de-chaussée ; leur croulement, leur tassement, avaient probablement préservé la muraille de briques, lézardée dans toutes ses parties. José levait les mains au ciel, poussait des exclamations ; le pauvre garçon était au désespoir.

— Allons, lui dis-je, débrouillons ce chaos, sauvons ce que nous pourrons ; l'eau ne ravage pas comme le feu

— C'est vrai, maître, c'est la vérité des vérités ; le feu n'eût laissé que des cendres, et l'eau nous laisse des richesses à faire sécher. Mais nous n'avons pas mangé depuis vingt-quatre heures !...

Il se trompait de la moitié ; mais José avait un excellent estomac.

— Nous n'avons plus rien, José.

— Le vent a secoué les arbres, me répondit-il, et la mer jette plus d'un poisson sur la grève. Je vais aux provisions, maître ; faites le feu, et je serai bientôt de retour.

Je le suivis, voulant savoir ce qu'était devenu le Malais. Sa cabane n'avait pas laissé de vestiges, des sables couvraient tous les environs ; mais, à ma grande surprise, je trouvai le pros submergé encore ensablé à trente pas de l'ancien rivage, et entièrement fracassé.

La grève était parsemée de poissons de toute grosseur, les uns aplatis, les autres broyés, un petit nombre entiers. Les lisières des forêts ressemblaient à un champ de bataille ; jamais je n'avais vu un plus large abattis d'arbres. José put choisir des fruits, le sol aux pieds des arbres fruitiers en était couvert ; il y avait des provisions pour des milliers de personnes.

Je cherchais des yeux le Malais, et je finis par le découvrir assis sur un cocotier renversé, fumant tranquillement. Si j'eusse pu le comprendre, il m'eût sans doute dit, en bon musulman qu'il était : « C'était écrit ! » comme si Dieu avait besoin d'écrire. Ma présence parut lui faire plaisir ; il se leva, vint à moi, me montra le ciel et la mer, puis ses habits encore mouillés. Il avait eu peine à échapper à la tourmente... c'est ce que je compris.

Nous prîmes notre repas en silence, mais avec avidité ; José me surprit par la quantité d'aliments qu'il absorba ;

mais José avait un si puissant estomac ! Le Malais vint avec nous à l'habitation, s'employa activement, et nous pûmes faire sécher l'extérieur des caisses et des ballots. L'intérieur demandait plus de temps ; notre habitation était vide, les eaux écoulées, et les débris enlevés ; nous couchâmes, comme on dit, à la belle étoile.

Quand il fallut ouvrir les ballots, José m'amusa beaucoup par ses exclamations. Dès qu'il étendait des étoffes aux couleurs brillantes, il poussait des cris de désespoir en les trouvant trempées d'eau ; il les tournait et les retournait en tous sens. Je lui fis enfin comprendre qu'il ferait mieux de les étendre au soleil. Trois jours furent employés à ce travail, auquel le Malais concourut froidement, activement... contraste avec mon pauvre José.

Il y avait des avaries ; nous mîmes les objets endommagés de côté, et les autres en ballots. José reçut des foulards ; le Malais aussi ; ils me parurent enchantés, mais différemment : l'un sautait, criait ; l'autre les mettait soigneusement en paquet. José et le Malais, mélangés, eussent fait un homme comme il me le fallait.

Il fallut redresser, consolider les murs de l'habitation, reconstruire un premier étage et une toiture. Le Malais nous aida ; je le trouvai plus sociable, et José le supportait. La tempête avait amené la sympathie et l'union, je m'en réjouis, car c'était un tiers de plus de force et d'appui.

Toutes les ruines étaient relevées, nos richesses bien emmagasinées, nous allions rentrer dans une vie douce et abondamment pourvue, quand le désir de sortir de l'île me pressa tellement que je n'eus plus de repos ni jour ni nuit. Je visitai le pros et me persuadai qu'il pouvait être réparé et mis en état de supporter la mer. Nous voilà donc travaillant à le réparer. Mais comme je comptais toujours sur

une longue navigation, je fis faire des provisions en conséquence. José se désespérait de mon projet.

— Abandonner tant de richesses, maître, car le pros n'en
contiendrait pas le dixième, et cela quand le bon Dieu nous
les a poussées par le vent, uniquement pour nous ! Oh !
maître, c'est faire fi des biens du bon Dieu : tôt ou tard un
beau grand vaisseau nous arrivera, emportera tout, et nous
serons riches, maître, riches à causer l'envie.

Le pros était à peu près en état de tenir la mer, nous
avions bonne provision de fruits et de poissons séchés à la
fumée, encore un peu de farine ; je crus que notre départ
pourrait avoir lieu sous peu ; j'étais content... quand un
matin José entra, et me dit d'un ton solennel qu'il voulait
rester dans l'île et ne point courir les chances de la mer.
Cette résolution renversait tous mes projets ; je la combat-
tis. A mon grand étonnement, je ne pus vaincre la résolution de José. Je ne voulus pas céder ; je déclarai à José que,
dès que mes préparatifs seraient achevés, je me mettrais
en mer.

Il persista dans le projet de rester. Il fallait au moins trois
hommes pour manœuvrer le pros ; malgré cela, j'aimais
mieux m'embarquer avec le seul Malais que de faire céder
ma résolution à celle de José. Ce qui le retenait dans l'île
était l'espoir de devenir possesseur de tout ce que je ne
pourrais emporter : je résolus de tout brûler avant de partir, pour le punir de son ingratitude ; mais bientôt je me repentis de cette mauvaise intention, et j'examinai plus froidement mon projet (c'est une terrible chose que l'amour-
propre !) ; je le trouvais plus que téméraire si José ne s'em-
barquait pas avec nous, et cependant je voulais l'exécuter.

Le Malais ne pouvait pas me donner la même confiance
que mon ancien compagnon, et j'allais me livrer à un hom-

me suspect dont je n'entendais point le langage. Ma nuit fut sans sommeil.

— Maître, me dit José, vous ne dormez point, vous êtes inquiet... renoncez à votre projet, et attendez un bon grand vaisseau ; il emportera tout. Je ne lui répondis point.

Il reprit :

— Attendez encore un mois, et José partira avec vous si nous n'avons point de vaisseau. C'était du répit à mes incertitudes, je m'y accrochai ; cela satisfaisait mon amour-propre.

— Eh bien ! José, j'attendrai un mois encore ; mais rappelez-vous que vous partirez avec nous.

— Je l'ai dit, maître, je partirai avec vous.

La réconciliation entre José et Cuivre-Jaune tenait à des liens si faibles qu'ils furent rompus pour une bagatelle. Le nègre se fourra dans la tête qu'un foulard que j'avais donné au Malais lui appartenait, et que ce dernier, après le lui avoir volé, avait l'audace de le mettre à sa tête. Il voulut le lui ôter ; le Malais défendit son foulard. J'étais malheureusement absent quand cette lutte s'éleva : lorsque j'arrivai, le Malais, armé de son kris, se lançait sur José ; je le saisis dans mes bras et le désarmai. Il ne dit rien ; la fureur qui étincelait dans ses yeux se calma. Il sortit lentement avec une espèce de dignité, et alla s'asseoir auprès du pros qui lui rappelait sa nation. Là, les bras croisés, la face tournée vers l'océan, il resta immobile comme une statue.

Vers le soir, il descendit sur le bord de la mer, y ramassa quelques coquillages, puis se dirigea vers la lisière des bois ; nous ne le revîmes plus. L'esprit vindicatif de ce peuple m'était bien connu ; j'eus de tristes pressentiments. José, qui comprenait sa faute, restait tout honteux dans un coin de l'habitation. Triste soir, nuit plus triste encore ; car si, le matin, je crus que, sous l'influence attristante de la nuit, je m'étais exagéré les résultats de cette séparation, les événements qui suivirent justifièrent trop mes craintes. Le Malais n'avait emporté d'autre arme que son kris ; tous nos fusils étaient dans l'habitation. J'espérai que la nuit aurait un peu calmé sa colère, et, sans trop compter sur son retour, je m'attendais à le voir paraître à chaque instant à la porte de l'habitation.

La journée se passa dans cette attente, mais le Malais ne revint point. José sortit sous prétexte de faire une tournée dans la forêt, mais en réalité pour tâcher de découvrir Cuivre-Jaune et de faire la paix avec lui ; il rentra sans l'avoir rencontré.

La nuit d'insomnie précédente m'avait laissé accablé de sommeil : je tombai dans un assoupissement si profond que je m'éveillai un peu trop tard, ainsi qu'on va le voir. José, chez qui les inquiétudes passaient comme ces légères nuées que le vent emporte, ronflait à pleins poumons, quand il se réveilla presque suffoqué par une épaisse fumée.

— Maître, maître, tout est en feu ; le toit et les objets d'en haut vont tomber sur nous.

Je ne me réveillais point. Il me prit dans ses bras, ouvrit la porte, et me déposa sur le rocher. Quel réveil ! notre habitation flambait comme un immense bûcher ; du haut du rocher roulaient des quartiers de roc.

— Eloignons-nous, José... le Malais se venge.

José fit un geste terrible, et, presque nu, sans armes, il s'élança vers le sommet du rocher. Un autre spectacle aussi désolant que le premier lui fit pousser des cris de rage. De la caverne où nous avions caché nos autres effets et une partie de notre poudre, sortait une épaisse fumée, et presque sur-le-champ une affreuse explosion lança des rochers en l'air, des débris de barils, de coffres et d'autres objets. Au même instant notre habitation s'affaissa, et des nuées de fumée, d'étincelles, jaillirent en masse; je fus anéanti... Tout consumé, et probablement mon compagnon emporté par l'explosion! Je me voyais plus dénué que le jour où la vague m'avait jeté sur le rivage. Je m'éloignai, car je craignais aussi l'explosion des poudres de l'habitation... elle eut lieu, elle rasa notre demeure, en dispersa les débris; je faillis être écrasé. Tout-à-coup, au milieu du lugubre silence de la nuit, je crus entendre des cris plaintifs. J'écoutai; mon oreille ne m'avait point trompé. Je montai vers le point d'où ils partaient, en criant de toutes mes forces; d'autres cris me répondirent; mais l'obscurité était si grande que je n'osais m'aventurer à travers les rochers. Les cris se répétèrent; j'avançai avec précaution; enfin je pus me faire entendre.

— Est-ce vous, José?

— Oui, maître.

— Etes-vous blessé?

— Je ne sais pas, maître; je suis enseveli sous des pierres, la tête et un bras seul libres.

— Je vais à vous, José.

— Venez, venez, maître; ça m'écrase!

J'arrivai jusqu'à lui, il était véritablement enseveli, mais ma main ne trouvait que des terres et quelques fragments de rocher. Je me hâtai de déblayer le terrain avec mes mains; il put dégager l'autre bras.

— Croyez-vous avoir les jambes brisées, José?

— Je n'en sais rien, maître; elles sont serrées, serrées à ne pouvoir ni les remuer ni les sentir.

Je parvins enfin à le dégager; j'avais les ongles usés et

les mains ensanglantées. José se dressa lentement, passa la main sur tout son corps.

— Il est entier, entier, maître, me dit-il avec un élan de joie ; mais quel engourdissement !... Ah ! scélérat de Cuivre-Jaune ! Il montrait le poing au haut du rocher... Alors un ricanement infernal descendit du sommet, et deux pierres bondirent tout près de nous.

— Démon ! m'écriai-je, en cherchant mon fusil. Hélas ! j'étais nu et sans armes ! s'il l'eût soupçonné, le Malais pouvait nous tuer tous deux avec son kris. Quand le soleil se leva paisible et inonda de rayons le théâtre de notre désastre, je ne compris pas comment nous avions échappé à la destruction. La partie supérieure de la grotte avait sauté en éclats ; les rochers voisins se montraient couverts des lambeaux de tissus de toute couleur ; la grève en avait reçu aussi. Mais notre pauvre habitation n'existait plus ; son emplacement n'offrait qu'une plate-forme noircie et quelques débris fumants.

Je n'eus pas le courage de faire de reproches à José ; le pauvre malheureux promenait ses yeux grands ouverts sur cette désolation ; il était incapable de les comprendre.

— Enfin... ah ! bon Jésus ! tant de richesses détruites !... Ce fut tout.

Nous descendîmes machinalement sur la grève, sans songer à recueillir les débris utiles.

La nécessité nous tira de cette inertie morale, il nous fallait de la nourriture et un abri pour la nuit. José avait d'autres pensées ; ses yeux roulaient d'une manière effrayante dans leur orbite ; mais il était encore si froissé qu'il ne faisait pas un mouvement sans éprouver des douleurs. Il se tournait de temps en temps vers les forêts, le poing fermé et menaçant, et s'écriait, en grinçant les dents :

— José ne sera pas toujours le José d'aujourd'hui !

Nous recueillîmes quelques débris pour nous vêtir ; ce ne fut que fort tard que je me rappelai que le pros avait été chargé de choses nécessaires à mon voyage, d'armes surtout et de poudre. J'y courus comme on court vers un lieu de salut ; mais, hélas ! l'infernal Malais avait tout enlevé... Le désespoir s'empara de moi ; je me voyais livré sans défense à un ennemi armé, acharné, et profondément scélérat.

Il y a des natures qui semblent abattues, atterrées un instant, mais qui se redressent, se lèvent dans la fierté de leur dignité humaine ; la mienne était telle.

— Allons, José, il nous faut un abri sûr pour cette nuit ; Cuivre-Jaune a des fusils, et nous n'avons plus que nos armes naturelles... Allons chercher un asile dans les forêts. Un de nos canons a été enlevé de dessus la plate-forme et culbuté sur notre chemin ; il est chargé, José ; si nous avions un fusil, en le déchargeant nous trouverions assez de poudre pour tuer Cuivre-Jaune... José réfléchit.

— Maître, cherchons aux alentours, nous trouverons peut-être des fusils.

Nous voilà cherchant. Nous en trouvâmes six au pied du rocher ; deux seuls étaient endommagés.

— Ah ! ah ! s'écria José, voilà pour Cuivre-Jaune... voilà pour lui. Et il mettait son fusil en joue... il était chargé.

— Epargnez la poudre, José, m'écriai-je...

— Maître, voilà deux coffres, d'autres débris ; montons-les sur le rocher, nous y ferons un abri... Pauvre habitation, ajouta-t-il d'un ton mélancolique, on y dormait si bien ; elle renfermait tant de richesses !... Ah ! scélérat de Cuivre-Jaune !... Mais c'est bon ; nous verrons demain.

Les débris que je pus porter, car José ne m'était pas de grand service, furent dressés contre le rocher auprès de notre ancien foyer, et appuyés contre un pan de mur encore debout. Des lambeaux d'étoffes de toute qualité nous servirent de lit, de couverture; et mon camarade à la peau noire coucha près de la peau blanche; le malheur avait effacé toute distinction. Je ne comprends pas comment le Malais ne vint point nous surprendre durant le sommeil. Le matin, je découvris beaucoup de caisses, de ballots, de tonneaux arrêtés dans les anfractuosités des rochers; la détonation s'était faite avant que l'incendie les eût atteints; ils étaient brisés, mais les objets qu'ils contenaient pouvaient encore être utiles. Nous recueillîmes tout ce que nous pûmes ce jour-là. José, qui ne pouvait m'aider activement, s'était mis en embuscade avec deux fusils; il pensait, et je le pensais aussi, que le Malais viendrait reconnaître notre position, et tirer sur nous. L'inspection de tout ce que j'avais rassemblé sur les rochers, de ce que je voyais encore épars aux alentours, me fit conjecturer qu'une étincelle, peut-être un charbon enflammé, avait mis le feu à la poudre tandis que les objets du premier étage brûlaient, et que l'explosion avait balayé tout ce qui était dans l'habitation avant que le feu s'y fût communiqué. Nous n'étions pas aussi dépourvus que je l'avais cru d'abord; cela releva mon courage.

— Maître, me dit José à voix contenue, en passant auprès de moi, ne me regardez pas; déposez une caisse pour me couvrir. J'ai vu la pointe du fusil de Cuivre-Jaune là-haut, entre ces deux rochers. Ne regardez pas; prenez un autre sentier où vous serez couvert par le rocher... Ah! scélérat, ajouta-t-il plus haut, j'ai vu ta crinière... un foulard eût été trop brillant, tu l'as ôté, voleur...

Je suivis le conseil de José, et pris un détour pour arriver sur le rocher. Tandis que j'entassais malle sur malle pour rendre notre abri plus commode et plus sûr, j'entendis une détonation... José avait tiré... une autre lui répondit. C'était une guerre de bandits. Je pris moi-même mon fusil, et, me jetant le long des rochers, j'atteignis la forêt, où, me glissant d'arbre en arbre, j'arrivai derrière les deux pointes où s'abritait le Malais. Il me découvrit le premier, et disparut du côté opposé. Enfin toujours prêt à faire feu, j'arrivai au sommet du rocher.

Le Malais avait été blessé, il y avait des gouttes de sang sur la pierre nue. En vain mes regards fouillèrent les environs, ils ne virent rien que la solitude. Je ne jugeai pas prudent de m'avancer plus loin, et fis ma retraite avec prudence.

José n'avait pas été atteint.

— Il vise mal, me dit-il ; sa balle a claqué à six pas de moi... laissez à José le soin de nettoyer l'île de cette vermine. Mais, si vous m'en croyez, maître, nous irons coucher ailleurs que dans l'habitation. Pauvre habitation ! reprit-il douloureusement.

Avant le repas du soir, nous fîmes deux hamacs d'une longue pièce de nankin, et nous allâmes les suspendre sans bruit dans les rameaux d'un arbre voisin. Nous allumâmes un petit feu sur le rocher, pour laisser croire au Malais que nous y couchions.

— Dormez d'abord, maître ; je veillerai tant que je pourrai ; puis je vous dirai : Ouvrez les yeux à votre tour pour notre sécurité.

Je ne sais combien de temps veilla José ; mais quand je m'éveillai, le matin, j'entendis un bruyant ronflement sortir de son hamac. Je ne voulus pas troubler un sommeil de si bon appétit, et j'allai voir sur le rocher. Rien n'avait été dérangé. J'emportai ensuite des coquillages et deux beaux poissons pris dans les nasses, et préparai le repas du matin. Tout était prêt, mon nègre ne venait point; l'inquiétude me conduisit sous l'arbre, où j'arrivai à l'instant qu'il s'éveillait.

— Ah ! maître, me cria-t-il d'une voix presque joyeuse, en voyant votre hamac vide, j'ai cru que ce scélérat de Cuivre-Jaune était venu vous enlever.

— Venez déjeuner, José.

— Bah ! dit-il en se frottant les yeux, je crois que j'y ai rêvé.

Il descendit lestement, après avoir détaché les hamacs, et vint faire honneur à notre repas. Entre les bouchées, il lâchait une malédiction contre Cuivre-Jaune. Il était bien certain qu'un de ces deux hommes à demi sauvages devait tuer l'autre ; il était aussi certain pour moi que nous ne serions en sûreté que lorsque le Malais serait mort.

— Si vous l'aviez assommé d'un coup de crosse lorsqu'il vint, comme un fantôme, réchauffer son coquin de corps, nous serions encore riches ; oh !...

— Nous avons encore beaucoup, José ; Dieu a eu pitié de nous... José se signa.

— Et aussi le bon Jésus, maître.

Il était impossible de se persuader que le Malais renoncerait à ses projets de vengeance, puisque chaque jour nous découvrions de ses méchancetés. Tantôt il essayait de jeter sur notre rocher des fascines embrasées ; tantôt on découvrait des tentatives faites pour détruire le pros qui nous restait ; une autre fois, c'était un trou pratiqué dans la terre, garni de pieux aigus et recouvert de gazon, afin qu'un de nous y tombât. Ce qui m'étonnait, c'est que le misérable, ayant de la poudre, des balles et un bon fusil, ne nous tirât pas de quelque embuscade... Nous tînmes conseil ; le gros sens de José était souvent d'un grand secours. Si nous quittions ensemble notre nouvelle retraite, il était à craindre que le Malais ne profitât de notre éloignement pour incendier ce que nous avions pu sauver. Il avait sur nous un grand avantage : il savait où nous habitions, et nous ne connaissions point sa retraite ; il pouvait suivre nos démarches à chaque instant du jour, et nous, nous ne savions jamais ni ce qu'il faisait, ni où il était. Voici à quoi nous nous arrêtâmes. José, qui était parfaitement rétabli, prit le meilleur de nos fusils, un coutelas et mes deux pistolets. Dans le havresac que nous composâmes, il roula un petit hamac, prit quelques provisions, et se rendit sur le point du rivage où nous avions rassemblé tous les débris du vaisseau incendié ; de là il devait, la nuit, tourner les montagnes, et se rendre à l'embouchure du petit ruisseau qui baignait la presqu'île dont j'ai parlé ; là rester caché un jour ou deux ; puis, si le Malais n'apparaissait point, redescendre l'autre branche du ruisseau en se couvrant des forêts, et à petites journées. Le Malais ne pouvait pas avoir d'autre retraite que dans ce parcours, puisque la vengeance le retenait dans cette partie de l'île. Pendant cette chasse à homme, je resterais à l'habitation, dont je ne m'écarterais que pour descendre au rivage et y recueillir des coquillages ou les poissons retenus dans nos nasses.

José était absent depuis six jours, je commençais à m'inquiéter à son sujet, lorsque, le matin du septième, je découvris, mais aux limites de l'horizon, un point mouvant que je pris d'abord pour un nuage, mais que je trouvai ensuite trop dense. Le désir, la joie, me portèrent à le juger un navire. Je montai en courant sur le point le plus élevé de la côte, j'y entassai du bois sec, des branches vertes, pour faire plus de fumée, et je mis le feu à ce bûcher. Le navire, car je ne pus plus douter que c'en était un, suivait une ligne droite de l'orient à l'occident, et par conséquent n'en devait changer que dans le cas où il apercevrait mon signal. Jamais les regards d'un homme n'ont été plus anxieusement attachés sur un objet que ne l'étaient alors les miens sur le navire que j'avais en vue ; mais il ne changeait point de direction et semblait diminuer de volume, ce qui me prouvait qu'il s'éloignait. J'étais à la torture. J'activais le feu, je poussais des exclamations de désespoir. Enfin il diparut dans la ligne où les eaux et le ciel semblent se confondre... Mon espérance s'évanouissant aussi, je tombai accablé près du feu... « Dieu me fixe dans cette île, me dis-je ; il m'est impossible de lutter contre sa volonté... »

Je rentrai tristement à mon habitation, je me jetai sur ma couche, dans un accablement moral tel que la vie me parut un fardeau insupportable. Mes idées prirent une teinte noire ; les objets qui m'environnaient me semblaient odieux ; je songeai au suicide... mais aussitôt les principes religieux qui n'étaient jamais morts dans mon âme parlèrent avec tant de puissance que je chassai ces lâches et funestes pensées de mon esprit. La force morale me revint, je repris mes occupations, non sans être sans cesse occupé de ce navire qui emportait mon espoir de délivrance. Je désirais, tant l'homme est égoïste, qu'une tempête le rejetât dans nos parages, assez près pour distinguer mes signaux.

Telle était la situation de mon esprit, lorsque j'entendis la voix de José... elle était joyeuse ; je fis un bond vers la porte, je vis mon compagnon s'avancer à grands pas, et faisant de grands gestes avec les bras ; son visage rayonnait de bonheur... il ne pouvait que pousser des exclamations. Il jeta son havresac à mes pieds.

— Maître, maître, voyez... en même temps il se baissa,

et plongeant la main dans le havresac, il en tira la tête du Malais.

— Cuivre-Jaune... oh!... Cuivre-Jaune, enfin... Il soulevait cette tête par les cheveux, et l'agitait à la hauteur de mon visage.

Cete vue me fit frissonner.

— Allez la jeter à la mer, José.

—- Oh! non, maître; l'attacher avec un clou à la porte de l'habitation... oh!...

J'eus toutes les peines du monde à le détourner de ce projet; mais je ne pus obtenir de lui qu'il la jetât à la mer.

Incapable de faire attention à ce que je lui disais, il posa cette tête sanglante, hideuse, sur une pointe de rocher, et, se mettant en face, il lui reprocha le vol de ses foulards, l'incendie de notre habitation, de nos richesses, les tentatives faites sur nos vies, comme si cette tête inanimée pouvait l'entendre; puis il lui dit :

— Ah! Cuivre-Jaune, te voilà enfin puni, scélérat, voleur, incendiaire; te voilà puni... et les oiseaux de proie enfoncent leurs serres dans les chairs de ton corps; ils le déchirent avec leur bec aigu, tranchant; tes os resteront sur la terre, les insectes monteront dessus, le soleil les rôtira.. Ah! Cuivre-Jaune...

Et il lui cracha au visage.

Je ne sais ce que j'éprouvais; était-ce horreur, dégoût, humanité? je ne puis le dire. José me parut odieux. Mais, en y réfléchissant, je compris qu'il était ce qu'il devait être ; et, pour mettre fin à cette scène révoltante, je rentrai dans l'habitation, où j'appelai José.

Pour donner un autre cours à ses idées, et en même temps pour satisfaire ma curiosité, je lui demandai le récit de son expédition.

— · J'ai fait comme vous me l'aviez commandé, maître ; j'ai passé par tous les lieux désignés ; mais pas plus de Cuivre-Jaune que dans ma main. Seulement, le troisième jour, je découvris dans un gros arbre creux une partie de ce qu'il avait enlevé, le brigand, de notre embarcation, et je me dis :

— Il n'est pas bien loin, car voilà notre baril de poudre, le sac de balles, et un brigand comme Cuivre-Jaune ne reste pas longtemps sans venir puiser à ces provisions-là. Il y avait aussi deux fusils. Je les enlevai, puis les remis. Il m'était venu une idée... La voilà ; et elle était bonne, vous allez le voir. Je fis disparaître les traces de mon passage ; j'allai m'établir sur un arbre voisin ; en ramenant les branches et les lianes, je me couvris si bien que je n'aurais pas pu me découvrir moi-même. Quand j'y fus à l'aise, je me couchai ; j'avais besoin de dormir. Ce fut aux cris des oiseaux que j'ouvris les yeux. Après avoir écouté, je descendis et allai à l'arbre creux ; Cuivre-Jaune n'y était pas venu durant mon sommeil. Je cherchai des fruits et remontai dans mon embuscade avec des provisions. Je m'endormis encore ; car quand je ne remue ni mes jambes ni mes bras, j'ai toujours envie de fermer les yeux. Il faisait nuit lorsque je m'éveillai... Il était temps ; j'entendis un froissement de branches, puis une étincelle jaillit, puis la flamme brilla, et je vis, comme je vous vois, Cuivre-Jaune devant un bon feu, et s'apprêtant à faire cuire des œufs de tortue et des bananes... J'aime les œufs de tortue, et vous devez vous rappeler que je ne dédaigne pas la chair de cet animal ; j'aime aussi beaucoup les bananes bien cuites. Cuivre-Jaune s'y entendait à les faire cuire ; vous allez voir... Il fit un trou, avec un de nos coutelas encore, car il respectait plus que cela son grand couteau recourbé ; il le remplit de cendre, puis jeta dedans les bananes enveloppées de feuilles et les couvrit de cendres rouges. Je vis bien qu'il s'y entendait. Je me disais, en riant sans bruit : « Cuivre-Jaune fait la cuisine pour peau noire... » Vous allez voir. Il fit de petits trous dans les cendres rouges, et mit dans chacun un œuf de tortue. (Je me réjouissais du soin qu'il prenait de préparer mon souper ; le sommeil avait disposé mon estomac à recevoir ces bons mets.) Il fallait que j'eusse fait quelque bruit, car Cuivre-Jaune se pencha, comme un homme qui écoute ; je voyais ses grands yeux à demi fermés. Un instant après, il se leva, prit son fusil, et alla faire une ronde. Il revint et parut rassuré, car il tailla avec son poignard une petite brochette, puis enleva un œuf qu'il brisa par le bout ; avec sa brochette il remuait le contenu de l'œuf, et puis il l'avala, ni plus ni moins que s'il eût avalé une bouchée. C'était un œuf qu'il me volait. La colère me saisit, je le couchai en joue. A l'instant où sa main jaune, car cette nation n'a ni la blancheur de votre peau ni le noir d'ébène de la mienne, à cet instant ma balle le frappa en pleine poitrine. Il tomba, se releva, puis retomba encore, et je l'entendis râler. Je me hâtai de descendre pour qu'il pût me reconnaître, avant que le diable emportât son âme de chien de musulman...

— Eh ! Cuivre-Jaune, lui dis-je, reconnais-tu José le nègre ?

Il me regarda... Oh ! maître, quel regard !... j'en sentis le froid dans tous les membres, et je l'achevai d'un coup de crosse de fusil. Ces Malais ont la vie dure : à chaque coup il bondissait et sautait comme une anguille... Quand on coupe la tête du serpent, il ne peut plus nuire : je séparai celle de Cuivre-Jaune ; deux coups de coutelas en vinrent à bout... puis je jetai le corps dans les buissons et mis la tête devant moi, pour qu'elle me vît manger le souper que Cuivre-Jaune avait apprêté. Figurez-vous que je crus lui voir remuer les yeux à chaque bouchée que j'avalais... Le repas fini, je remontai sur mon arbre, mais je ne pus dormir ; je voyais toujours la tête de Cuivre-Jaune qui remuait les yeux. Le matin, je traînai le corps dans un espace libre pour que les oiseaux de proie le vissent, et je mis la tête dans mon havresac. Me voilà ; nous pouvons désormais dormir sans crainte, et nous sommes les maîtres de cette île ; car, avant de faire votre connaissance, j'y ai passé bien du temps, et n'y ai pas trouvé un seul animal de force à nous troubler dans notre possession.

L'homme à demi sauvage venait de me raconter ses prouesses ; malgré tout, ce récit me prouva que la civilisation avait entamé sa nature. Il avait éprouvé des sentiments inconnus au véritable sauvage, et en définitive il nous avait débarrassés d'un ennemi dangereux. Je ne lui fis donc aucune observation ; seulement je lui demandai encore d'ôter de devant mes yeux son trophée sanglant. C'est ce qu'il fit. Satisfait d'avoir assouvi sa haine et raconté son exploit, il alla jeter la tête à la mer.

La nécessité nous retenait dans cette île ; ce que nous avions de mieux à faire était d'en rendre le séjour agréable, et de nous y préparer une vie douce, en attendant que la Providence nous offrît les moyens d'en sortir. L'habitation fut rétablie, plus solide, mieux distribuée, et infiniment plus commode. Nos engins pour la pêche reçurent des améliorations, et la mer fournit largement à nos besoins. Je parvins à faire une liqueur fermentée, plus violente que le vin, avec la sève du grand palmier ; la recherche des tortues nous procura une chair nourrissante et de bon goût, qui valait les meilleures chairs des boucheries de l'Europe.

Je fis de véritables progrès dans l'art du cuisinier. Nous sûmes tirer des fruits, très abondants dans l'île, particulièrement de celui du cocotier, tout le parti qu'on pouvait en tirer; mais, ce qui me rendit heureux, fut la découverte de magnifiques épis de riz qui avaient grandi sans culture là où j'avais lavé mes tonneaux avariés, sur le bord du ruisseau de notre voisinage. La récolte s'en fit, et nous produisit de quoi ensemencer une étendue de terrain qui nous donnerait une récolte suffisante pour nos besoins. Ainsi nous aurions, sinon du pain, du moins de quoi le suppléer; les Hindous font du riz la base de leur nourriture.

IV

Depuis que mes espérances s'étaient évanouies, et que je me croyais destiné à mourir dans cette île, mes idées s'étaient tournées vers les améliorations sérieuses. Il me fallait quelques animaux domestiques. Les volatiles ne manquaient point, ils n'étaient même pas très farouches ; mais je ne savais sur quelle espèce je devais faire mes tentatives.

J'étais dans ces heureuses dispositions d'esprit qui laissent l'homme dans cette douce quiétude que l'on ne trouve qu'aux champs, dans les sociétés de l'Europe, quand j'en fus tiré par quelques paroles de José... Il était occupé à faire cuire un animal ayant un peu la forme et la grosseur du lièvre, et dont nous n'avions point encore mangé depuis que nous vivions ensemble, quand il répondit à une question que je lui fis au sujet du plus ou moins de bonté de la chair de cet animal :

— Elle est savoureuse, maître ; dans les premiers temps de mon séjour dans l'île, j'en attrapai un dans les forêts qui couvrent le bas de cette haute montagne que nous avons au nord. Je le fis griller : il était très bon, très bon.

— Vous n'êtes jamais monté sur ce pic que les nuages entourent si souvent, José ?

— Il faudrait des ailes pour y arriver ; le rocher est roide, uni et très haut. Je ne pus atteindre que la brèche qui se trouve entre le grand pic et le petit. Je vis toute la partie de l'île qui s'étend par-delà la chaîne des montagnes vers le nord. C'est un bien beau pays, maître, un vrai paradis... des arbres, de longues et vertes prairies, et une grande rivière.

— Et vous n'avez pu y descendre, José ; car, si le pays est plus beau que la partie que nous habitons, vous auriez dû le choisir pour séjour.

— Oh ! non, maître ; je crus voir de la fumée s'élever d'entre les arbres, et j'avais peur des hommes.

— Vous y avez vu de la fumée, José ; en êtes-vous bien sûr ? pourquoi ne me l'avoir jamais dit ?

— Nous sommes bien tranquilles ici, maître ; Cuivre-Jaune ne viendra plus nous piller, nous incendier. Qui sait quels sont les habitants de l'autre côté des montagnes ? Nous sommes encore bien riches, maître...

Je ne l'écoutais plus, mon esprit était au-delà des montagnes : j'y voyais une population, des moyens de sortir de l'île ; que sais-je ce que je n'y voyais pas ?

— José, nous allons nous rendre sur ces montagnes, nous verrons ce pays.

— Maître, vous savez bien qu'il y a des peuplades qui tuent les hommes pour les manger.

— Nous avons des armes, José.

— Bon, bon, me dit-il d'un air triomphant ; nous en tuerons quatre, dix, cent ; mais s'il y en a encore, ils voudront se venger, ils nous poursuivront jusqu'ici, et nous aurons des centaines de gens comme Cuivre-Jaune pour nous tourmenter. Si nous restons chez nous, ils resteront chez eux ; car je ne les ai jamais vus dépasser la chaîne des montagnes.

Etonné d'entendre sortir de sa bouche des réflexions aussi logiques, je le regardai avec surprise. Il se mit à rire bruyamment, comme quand il était content de lui.

— Eh bien ! maître ; oh !

— Ce que vous venez de me dire, José, est bien sage ; mais nous pouvons savoir quels sont nos voisins, sans nous exposer à tous les dangers que vous craignez...

Alors je lui développai le projet que je venais de former, et le bon José l'approuva par son mot d'approbation ordinaire : « Bon... oh ! »

Ma tête travailla toute la nuit. Quand l'imagination s'empare de l'inconnu, il devient ce qu'elle le rêve, et elle le rêve dans la mesure de sa puissance.

Nous prîmes chacun deux fusils, des meilleurs de ceux qui nous restaient, une forte quantité de poudre et de balles, des pierres à fusil de rechange, et deux briquets. Le reste de notre attirail offensif se composait de deux pistolets qui m'appartenaient, et d'un autre que José mit en état de servir. Un coutelas bien affilé fut attaché à notre ceinture ; José se chargea en outre d'une hache et de quelques autres instruments de fer. Joignez à cela un havresac et des provisions, et vous aurez une idée assez exacte du fardeau dont nous nous embarrassions forcément.

L'attente, l'espérance, doublent les forces de l'homme ; la route et ses obstacles ne me rebutèrent point. Le soir, nous avions atteint la base des montagnes ; ce fut dans une belle clairière que nous allumâmes notre feu, et à un arbre voisin que nous suspendîmes nos hamacs.

Les parties basses et souvent marécageuses que nous avions traversées, avant d'atteindre les collines, fourmillaient de reptiles de toute dimension, et avaient un aspect sauvage, quoique couvertes de la plus riche végétation. José avait tué un gros lézard, dont il me fit l'éloge de la chair. Malgré ma répugnance, j'y goûtai, et la trouvai fort succulente ; cependant elle était celle d'un animal si hideux que je laissai José s'en régaler seul. Je me mis le premier en route, et José m'atteignit bientôt ; je pus remarquer que son havresac était plus gonflé que la veille.

La difficulté de la montée allait en augmentant ; il fallait s'arrêter sur le bord d'un précipice, redescendre pour chercher une autre route, tourner des masses de rochers, s'aider l'un l'autre pour franchir des passages difficiles... Quand la nuit tomba, à peine étions-nous au milieu de la hauteur... Ce soir-là, je trouvai les quartiers de lézard délicieux.

— Je le savais bien, maître, je le savais bien... ce n'est pas la forme de l'animal qui rend sa chair bonne.

Enfin nous atteignîmes la brèche, que je nommai Brèche-José, au grand contentement de mon compagnon.

Le spectacle qui se déroula sous mes yeux me surprit et me ravit. La base de la chaîne de montagnes était couverte d'une magnifique ceinture de forêts, au centre desquelles s'ouvrait une large clairière dont les ondulations s'étendaient jusqu'à une plaine parsemée de bouquets d'arbres. Cette clairière était un large cours d'eau, une véritable rivière qui courait, sautillant, bondissant, dans un large lit qu'elle s'était creusé à travers la plaine, où les eaux coulaient si lentement que, malgré les rayons presque perpendiculaires du soleil, mon œil ne distingua pas un de ces jeux de lumière réfléchie par un corps mobile. La nappe de cette belle rivière s'allongeait à travers les terres verdoyantes, les arbres de toutes les hauteurs, de toutes les formes, de toutes les nuances, comme un large ruban d'argent, vers la partie nord de l'île, et se déchargeait dans la mer, dont les hauts rochers du rivage se courbaient en demi-cercle. Je présumai qu'ils formaient un port.

Mais j'oubliai bientôt tout ce qui m'avait si puissamment impressionné, à la vue d'une masse sombre qui dominait la partie droite des rochers. Cette masse avait les formes d'un fort : je croyais voir une tour détachée, des murailles, et au milieu de celles-ci des toitures triangulaires comme celles de l'Europe.

— José, m'écriai-je, portez vos regards à l'embouchure de cette rivière... que croyez-vous y distinguer?

Il resta quelque temps les yeux fixés sur ce point; puis d'un ton singulier, il me dit :

— Maître, il y a une tour, des murailles en carré, et des maisons dans ces murailles; mais les cheminées ne fument point.

Cette observation produisit sur moi un effet glacial. En effet, pas un atome de fumée ne s'élevait dans la limpidité de l'atmosphère. Suis-je en proie à une illusion? me demandai-je.

— Maître, s'écria José à son tour, voyez... et sa main s'étendit à gauche.

Mon œil suivit la direction. Je découvris, à plusieurs milles du rivage, un îlot au-dessus duquel s'élevaient des colonnes de fumée... Là-bas, sur une petite étendue de terre qui sort à peine au-dessus des eaux, me dis-je, l'homme habite, et cette magnifique partie de l'île paraît déserte; comment expliquer cela? Mes regards se promenèrent encore sur l'étendue du pays sans y voir rien qui pût annoncer la présence de l'homme; seulement je distinguai avec ma lorgnette des animaux dans la plaine. La distance me porta à croire qu'ils devaient avoir la grosseur de nos bœufs d'Europe.

— Descendons, José, descendons.

— Oh ! fit-il... il n'y a pas de chemin; voyez...

Effectivement les rochers s'élevaient à pic.

— Cherchons une descente praticable, José.

— La rivière descend du grand pic, maître ; cherchons-la

Bientôt le bruit d'une chute d'eau frappa nos oreilles ; nous découvrîmes un rocher creusé comme un bassin, d'où s'élançait une petite cascade qui retombait à vingt ou vingt-cinq pieds dans un second bassin. En nous aidant des branches d'arbres et des lianes flottantes, nous atteignîmes ce second bassin, qui se dégorgeait le long d'une pente assez rapide dont nous pûmes suivre les bords jusque dans la forêt.

Là il fallut nous arrêter, par l'impossibilité de nous ouvrir un passage. La chaleur et l'humidité avaient développé une si large, si épaisse végétation, que nous allions être engloutis dans les herbes, les lacets des plantes grimpantes, et les arbres serrés les uns contre les autres. L'eau était peu profonde ; nous passâmes à l'autre bord, où les mêmes obstacles se présentèrent.

— Faisons un radeau, José.

— Le courant le brisera, maître ; et s'il y a encore des chutes... oh ! nous en entendrons le bruit, et nous nous accrocherons aux branches des arbres.

— Il faut sortir d'ici, José.

Il se gratta la tête ; cela l'embarrassait.

— Oh ! s'écria-t-il, voilà un arbre tombé ; prenons-en le tronc, et mettons-le en travers du radeau sur le devant.

— Il nous accrochera quelque part, José ; il faut le

mettre à l'arrière du radeau, et en charger le bout de pierres ; il ralentira notre course...

— C'est bon, dit José.

Nous nous mîmes à l'œuvre. Le radeau construit, le tronc débarrassé des grosses branches, nous organisâmes notre invention, et, à ma grande satisfaction, elle répondit à notre attente ; mais il fallut passer une nuit et la moitié d'un jour dans ce lieu.

Malgré le poids des pierres qui chargeaient le bout du tronc, qui plongeait ainsi dans l'eau, raflant souvent le fond, nous descendîmes assez rapidement le courant et arrivâmes, sans autre accident que d'être trempés jusqu'aux os, au point où l'eau, grossie d'une infinité de petits cours, allait lentement entre des rives basses et couvertes de roseaux et d'arbres gigantesques. Le tronc, devenu inutile, fut détaché du radeau que nous fîmes avancer avec des rames de bambous.

Nous marchions au milieu des surprises : nous découvrîmes deux vaches et un magnifique taureau qui mugit à notre vue ; puis çà et là des poules, de véritables poules d'Europe, puis des flottilles de canards.

— Voilà, dis-je à José, des habitants de nos contrées européennes ; nous allons trouver des hommes civilisés.

— Il n'y a pas de fumée, maître ; pas un petit filet.

— Ils seront dans l'îlot où vous en avez vu s'élever, José.

Il ne me répondit pas. La plaine s'éclaircissait de plus en plus d'arbres, et nous pûmes voir, de manière à ce que tout doute disparût, une tour carrée, des murailles croulantes, et des toitures à demi détruites.

— Oui, me dis-je, des Européens ont élevé ces constructions ; mais elles sont abandonnées.

La tristesse me saisit ; une de mes espérances que je caressais depuis deux jours venait mourir devant un fort abandonné, désert, silencieux ; il me disait seulement · L'Européen a séjourné là, mais il n'y est plus...

Pourquoi cet abandon ? à quoi l'attribuer ? tel était le cours de mes pensées lorsque j'entrai au milieu des ruines. La tour seule avait été respectée du temps ; sauf la toiture, les murs et les petites chambres étaient conservés ; elle renfermait des meubles, des caisses et des ballots moisis.

Sans m'arrêter à l'examen de ces objets, je continuai ma visite dans le fort, espérant y découvrir quelque objet, quelque papier qui pût me faire connaître quelle nation l'avait possédé, et la cause de cet abandon. Dans les autres parties je trouvai des meubles en place n'annonçant aucune violence ; dans une pièce assez grande, sur trois lits, cinq cadavres entièrement dépouillés de chairs, qui paraissaient avoir été rongés par les rats qui fourmillaient dans ces ruines. Mes pensées s'égaraient sur les causes de ce désastre, car tout me prouvait que cet abandon était le résultat d'un désastre ; mais je ne pouvais me l'expliquer. Enfin, en portant mes pas dans un enclos que je pris pour un jardin, j'aperçus une croix. Symbole de la sépulture du chrétien, elle porte ordinairement une inscription. J'écartai les végétations qui l'entouraient, et cherchai l'inscription... Voici ce que je pus lire : « *Hic ja... Van-Mie.... ...bo .....lentiæ ob... an... D.....* » Le reste était effacé... En rétablissant cette épitaphe en entier, je la composai ainsi : « *Hic jacet Van Mie....* (nom que je ne pouvais compléter) *morbo pestilentiæ obiit anno Domini.* »

Le mystère s'éclaircissait. Ce fort avait appartenu à des Hollandais ; la peste, ou toute autre maladie contagieuse, avait enlevé les habitants. Mais à quelle époque ? l'épitaphe n'avait pu m'en instruire. Ceci m'expliquait aussi l'abandon de l'île : la même maladie, en sévissant sur les naturels, les aura ou anéantis ou forcés à chercher un autre refuge. C'est pour cette cause que l'îlot était encore habité ; c'est encore le séjour des Hollandais qui a peuplé l'île de bœufs et de volailles de l'Europe. Il me tardait de connaître le nombre des habitants de l'îlot ; mais comment y arriver sans bateau ? José, à qui je fis part de mes découvertes, tomba dans une stupide admiration de ma science ; que dis-je, science ? José, me crut sorcier, et eut la bonté de me le dire.

Je parvins difficilement à le détromper.

Comme je me proposais de me fixer dans cette partie de l'île, plus agréable que celle d'au-delà les montagnes, que je croyais plus exposée aux visites des navigateurs, nous nous mîmes aussitôt à réparer le toit de la tour, à nettoyer les chambres, et à nous faire une habitation commode et sûre. La rivière qui se déchargeait au fond du port était poissonneuse ; les environs du fort fourmillaient d'oiseaux et de volailles, et les éclaircies entre les massifs d'arbres de la plaine servaient de lieu de pâture à des troupeaux qui paraissaient assez nombreux, car nous y vîmes aussi des moutons et des chèvres. Pour avertir les habitants de l'îlot que le fort avait reçu des habitants, et les attirer s'ils étaient amis, ou connaître leur nombre et leurs projets s'ils étaient ennemis, nous allumâmes un grand feu sur les murs, et prîmes nos mesures de défense, en cas qu'il fallût y avoir recours. Ce fut à ce feu que nous fîmes cuire deux canards que José, toujours prévoyant, avait été assommer sur la rivière... Il fallait ménager nos munitions.

Sans être bien abrités, car notre toiture n'était pas achevée, nous étions cependant à l'abri des intempéries de l'air ; mais un ennemi imprévu se déclara contre nous : les rats vinrent se promener sur nos corps, et auraient, je crois, commencé leur dissection, si nous ne nous étions mis en défense.

Nous suspendîmes nos hamacs à des bambous ; mais ces incommodes bêtes montèrent le long des appuis et vinrent encore nous piétiner le visage et les mains lorsque nous cédions au lourd sommeil de la fatigue. Il fallut entretenir un feu clair, et dormir à tour de rôle.

Le matin, en examinant l'îlot, je vis un grand feu allumé sur la rive ; je crus distinguer quelques personnes autour. Était-ce un signal pour répondre au nôtre ? était-il ami ou ennemi ? c'est ce que je ne pouvais deviner, quoique José me crût sorcier. J'attendis, et mis au bout d'une perche un drapeau blanc et une branche verte. Une heure après je vis une pirogue partir du rivage et nager vers l'île. Trois hommes la montaient ; deux pagayaient, le troisième restait assis placé au centre de la pirogue. Quand elle fut proche, je reconnus que le personnage immobile était une femme au teint blanc, à la chevelure blonde et flottante ; elle était couverte d'un étroit puncho qui lui descendait jusqu'aux genoux ; les hommes étaient armés de lances et de massues. Nous nous avançâmes sur le rivage, déposâmes nos fusils sur le sable, et, par nos signes, fîmes tout ce que nous pûmes pour les rassurer. La pirogue entra dans une petite baie de la côte ; les trois personnes descendirent sur la grève, laissant leurs armes dans la pirogue.

Une grande et belle jeune fille, dont la blancheur du teint, quoique un peu bronzé par l'action du grand air, mais rehaussé par la teinte noire de ses compagnons, s'avança vers moi et me salua en hollandais. Mes anciennes relations avec les commerçants de cette nation m'avaient offert l'occasion d'apprendre cette langue ; elle parut heureuse d'avoir été comprise, heureuse d'entendre le langage de sa terre natale. Elle refusa d'entrer dans le fort.

— Il me rappelle de trop tristes souvenirs, me dit-elle; là presque toute ma famille y est morte; si nous avons pu leur survivre ma mère et moi, c'est grâce à ces bons insulaires qui nous ont éloignées d'un lieu où la maladie sévissait et tuait tout le monde. Il n'est resté que trois familles des insulaires; elles ont dû leur conservation à leur absence lorsque la maladie se déclara.

Elle me raconta ensuite avec plus de détails l'histoire de la destruction de la colonie. Un navire anglais, presque démâté, venant des Indes, avait demandé l'entrée du port pour se réparer; l'équipage était descendu à terre, et avait mis sous des tentes grand nombre de malades; cette maladie, qui couvrait le corps de taches noires, s'était répandue parmi les naturels, puis dans le fort, et avait en peu de jours fait un si grand nombre de victimes que le peu d'Européens qui restaient s'étaient hâtés de reprendre la mer, laissant leurs malades et fuyant un si terrible fléau. Fille d'un simple employé, elle se trouvait avec sa mère sur l'îlot où sa famille s'était établie pour surveiller la prise des tortues qui y venaient en grand nombre; elle y avait été laissée avec sa mère; mais son père avait été emporté par le mal noir, ainsi que le reste de sa famille. Elle ajouta que les insulaires, au nombre de trente-trois, regardaient cette île comme fatale à ses habitants, et n'y venaient que pour se procurer quelques pièces de bétail et y faire leurs provisions de cocos, bananes, fruits à pain et autres, que l'île produit en abondance.

Cette jeune fille me dit qu'elle avait dix ans quand ce désastre arriva, et que quinze ans s'étaient écoulés depuis, sans qu'elle et sa mère eussent mis le pied dans l'île factale.

Pendant **cette conversation**, José se régalait avec les deux insulaires des provisions que ceux-ci avaient apportées, et surtout d'une liqueur enivrante que le long régime à l'eau, car il regardait celle que je composais presque comme de l'eau, lui rendait fort agréable. Ils ne pouvaient se comprendre que par signes ; mais José multipliait tellement les siens qu'on saisissait toujours le sens de quelques-uns.

J'étais enchanté de la jeune Hollandaise, de sa dignité, de son langage lent et mesuré, toutes choses qui m'eussent déplu dans une femme en Europe. Mais depuis si longtemps j'étais privé de la conversation d'une personne avec laquelle je pusse échanger mes pensées dans un ordre plus élevé qu'avec José, que j'acceptai avec joie la proposition d'aller a l'îlot, d'y voir sa mère et les restes de la peuplade de l'île. Le trajet se fit rapidement, et je me trouvai au milieu de sauvages qui sentaient déjà le contact de la civilisation. La dame Van Broeken, avec un tact que les femmes seules peuvent avoir, s'était emparée de l'esprit de ces sauvages en leur communiquant par degrés les connaissances que la femme la plus humble possède chez les peuples civilisés ; elle leur avait parlé de notre sainte religion, et leur en avait donné une si haute idée, qu'ils étaient tous disposés à l'embrasser et en suivaient déjà les prières, que la digne veuve leur traduisait en leur langue ; elle appartenait au culte catholique romain, et avait reçu une certaine instruction.

— Je mourrais tranquille, me dit-elle, si je voyais un prêtre de ma communion aborder dans cette île et baptiser ces pauvres insulaires.

— Et votre fille ? lui dis-je.

— Ma fille, me répondit-elle, je la confierais volontiers à la Providence ; car ma fille a l'âme et le cœur d'un homme. Elle est encore jeune, Dieu lui permettra de retourner dans sa patrie et d'y épouser un honnête homme, parce qu'elle a le cœur droit et pur, et qu'elle fera le bonheur d'un mari.

Il est impossible de rapporter ici tous les soins, toutes les attentions qu'eurent pour nous ces bons insulaires, que je tâchai de décider à venir se fixer dans l'île. La dame Van Broeken avait malheureusement le préjugé que cette île était fatale ; elle n'avait pas peu contribué à entretenir cette erreur dans l'esprit des hommes simples et crédules au milieu desquels elle vivait aimée et respectée. Mais une autre raison leur faisait encore préférer le séjour de l'îlot... Un d'eux, avec lequel je m'entretins par l'intermédiaire de Jenny Van Broeken, m'en fit l'aveu.

L'îlot qu'ils habitaient n'avait pas l'étendue suffisante pour les nourrir, si la mer et les tortues n'eussent pas été une grande ressource, s'ils n'avaient pas trouvé dans l'île les fruits et les animaux nécessaires à leur alimentation ; mais ils ne voulaient pas quitter l'îlot, parce qu'il renfermait tout ce qu'ils avaient tiré du fort après son abandon, qui était caché dans une caverne au centre de l'îlot. Cette caverne leur avait deux fois servi de retraite, quand une flottille de pirogues appartenant à des peuplades qui habitaient des îles lointaines s'était arrêtée dans l'île, puis avait visité l'îlot, dont elle avait détruit toutes les habitations, et s'était retirée sans découvrir leur retraite.

Je n'insistai point, mais je n'abandonnai point mon projet, me proposant d'agir sur la dame hollandaise et sur sa fille pour changer la résolution des insulaires. Le concours de leurs bras me paraissait nécessaire pour sortir de l'île et rentrer dans la vie civilisée, en y ramenant la veuve et sa fille.

Les sauvages possédaient plusieurs pirogues ; je leur proposai de faire le voyage par mer jusqu'au lieu où tout ce que nous possédions se trouvait réuni, de m'aider à le charger dans notre grand pros, et de l'amener dans le fort, dont je voulais faire mon habitation.

Ils s'y décidèrent d'autant plus volontiers que je leur promis beaucoup de fer, qu'ils préféraient à tout autre métal. La jeune Hollandaise devait faire partie de ce voyage, qui piquait la curiosité de son âge ; mais sa mère s'y opposa.

Dix naturels, montant deux embarcations, partirent avec nous, et le second jour nous atteignîmes le rivage qui touchait à notre ancienne habitation. Ce ne fut pas sans une émotion profonde que j'y entrai. Là s'étaient passés les plus rudes, les plus atterrantes journées de ma vie. Nous mîmes à flot le grand pros et le chargeâmes de tout ce que nous avions pu recueillir de nos richesses passées, même de nos petits canons ; ce que le Malais nous avait volé y fut aussi apporté, et l'habitation resta solitaire, comme je l'avais été moi-même au premier jour de mon naufrage. Un sentiment indicible m'y retenait. Je laissai mes compagnons préparer tout pour le départ ; puis, m'enfermant dans l'habitation, je tombai à genoux auprès de ma couche et fondis en larmes ; mes idées s'élevèrent vers Dieu qui m'avait conservé à travers tant de dangers, mon âme s'exalta. Je lui adressai cette prière : « Dieu tout-puissant qui m'as soustrait à tant de dangers, qui m'as donné le courage de supporter l'isolement qui est la mort de l'âme, qui as permis que j'élevasse cet abri pour protéger ma faiblesse, fais que cette demeure, élevée de mes mains, serve à quelques malheureux échappés comme moi aux fureurs des flots ; fais qu'ils puissent y vivre en attendant une voile amie qui puisse les ramener dans leur patrie ; conserve ce toit que j'ai restauré contre les fureurs des vents, contre les orages insurmontables de l'océan, et accorde-moi de retourner aux lieux où j'ai laissé tout ce que j'ai de cher en cette vie. »

Je me relevai et quittai silencieusement mon habitation, sans oser lui jeter un regard d'adieu. José était trop enchanté de ses nouveaux amis pour donner un regret à notre premier séjour.

Notre retour fut salué par des cris de joie. A la vue de nos richesses, José les nommait toujours ainsi, les insulaires eurent de nous une plus haute idée... tant le prestige que cause l'opulence est général dans tous les degrés de l'humanité ! Ils mirent avec empressement la main à l'œuvre pour nous aider à mettre le fort en état de résistance. Les bâtiments adjacents étaient de trop pour que deux hommes pussent défendre le tout ; la partie de la muraille qui communiquait à la tour fut coupée des deux côtés, et un fossé profond creusé autour de la tour même, dans l'intérieur des murs. Au premier étage, des embrasures furent ouvertes pour nos canons, et de nombreuses meurtrières plongeant dans le fossé et rasant la compagne. On planta sur les rebords du fossé de jeunes agaves dont la croissance rapide et les durs aiguillons forment un rempart impénétrable.

Une chasse en règle fut donnée aux rats que nous avions délogés du premier étage par la fumée étouffante de plantes à odeur forte, puis nous les poursuivîmes sur les toits, et enfin les noyâmes au rez-de-chaussée, en le laissant inondé durant plusieurs jours. Les traces de l'eau ne restent pas longtemps sous ces latitudes ; en dirigeant un filet d'eau dans le fossé, qui se remplit, nous nous mîmes à l'abri des légions de rats qui circulaient dans les ruines. Les anciens meubles utiles furent transportés dans la tour. Ainsi nous nous trouvions bien meublés, bien logés, et en état de résister à une armée de sauvages.

Nos nouveaux amis nous apportèrent des provisions de toute nature, et nous enseignèrent plusieurs de leurs procédés pour les conserver.

Si j'avais eu ma famille avec moi, je crois que j'aurais renoncé à revoir l'Europe et me serais contenté du bonheur que m'offrait la Providence dans ces contrées lointaines.

Ce fut en retournant au fort que j'appris une nouvelle qui ne laissa pas de m'inquiéter. J'appris que des hommes armés de fusils, mais dont le teint était beaucoup plus noir que le mien, apparaissaient assez fréquemment dans ces parages. Les vaisseaux n'étaient pas comme ceux des Hollandais, mais semblables au pros qui ramenait mon bagage, et montés de petits canons comme ceux que je rapportais. Ces hommes étaient méchants et voleurs, et avaient emmenés pour être esclaves ou pour les massacrer trois naturels de l'île...

Ce récit, que la dame hollandaise me confirma, ne me laissa aucun doute ; ces hommes méchants et voleurs étaient des pirates malais : ils préféraient cette partie de l'île, parce qu'elle avait un port sûr, des campagnes plus productives, et se trouvait plus sur le passage des navires qui entraient dans le lit des vents alisés que la côte méridionale où j'avais jusqu'alors habité.

Je profitai encore de cette circonstance pour engager la dame Van Broeken à passer dans l'île, où elle serait plus à l'abri, protégée par le fort. J'étais persuadé que, si elle prenait ce parti, les naturels viendraient s'établir dans les autres parties du fort, et que je pourrais ainsi disposer d'assez d'hommes pour repousser toute attaque ; et, ce qui me pa-

raissait encore plus important, civiliser peu à peu ces insulaires dont le caractère était doux. Mes exhortations ne
produisirent aucun effet sur son esprit.

— La Providence, me répondit-elle, m'a jetée sur ce petit coin de terre où j'ai jusqu'ici vécu heureuse, autant qu'on
peut l'être loin de sa patrie... Je ne veux point tenter Dieu;
je reste où il m'a placée.

Je n'avais rien à objecter à cette réponse, car je connaissais déjà la fermeté de caractère de cette respectable dame;
mais j'obtins des insulaires deux concessions qui me parurent avantageuses : quatre des leurs viendraient nous aider
dans nos travaux, et, en cas que les pirates ou les flottilles
des sauvages apparaîtraient en mer, ils viendraient se réfugier dans le fort.

L'île, sans que nous eussions besoin de culture, produisait bien au-delà de nos besoins; tous mes soins se tournèrent donc vers les moyens de défense. Au lieu de raser,
comme j'en avais eu l'intention, tout ce qui entourait notre
lieu de défense, parce qu'il offrait un abri et une retraite
aux assaillants, et parce que deux hommes ne pouvaient
pas défendre une aussi grande étendue de murailles, je les
fis restaurer et les environnai d'une plantation fort large et
fort épaisse d'agaves, rempart impénétrable pour des hommes nus ou demi-nus. Pour nous débarrasser des rats, qui
étaient un véritable fléau, nous inondâmes encore le fort,
en détournant un petit cours d'eau et l'amenant dans l'intérieur au moyen d'aqueducs en troncs d'arbres. Nous en
délogeâmes des légions, et en tuâmes des milliers. Mais la
race maudite ne fut pas détruite; ils se sauvèrent dans les
environs, et revinrent à leur ancien domicile dès que les
eaux se furent écoulées.

Cette submersion me fit faire une découverte importante.

Dans une salle basse, les eaux se trouvaient absorbées dès qu'elles y pénétraient; j'en conclus que cette salle avait un conduit souterrain qui communiquait au-dehors. J'en fis la recherche avec le seul José. Nous trouvâmes l'ouverture d'une cave profonde où étaient empilés des tonneaux cerclés en fer, et deux grandes caisses soigneusement fermées. Trois de ces tonneaux contenaient du vin; un quatrième, de l'eau-de-vie; deux autres, des masses de plomb. Les caisses se trouvèrent composées de marchandises d'Europe, en quincaillerie principalement. Enfin, dans une toute petite caisse, je trouvai de l'or monnayé pour une somme considérable. Tout ceci appartenait aux Hollandais qui avaient abandonné le fort, et par leur mort, ou par impossibilité de les découvrir, toutes ces véritables richesses revenaient de droit à la dame Van Broeken et à sa fille. Il me fut impossible de faire comprendre à José que ces biens ne nous appartenaient pas; mais quand il vit que je tenais ferme, il se rabattit sur les tonneaux de liqueurs, et tint si ferme aussi qu'il fallut lui faire cette concession, et consentir à ce qu'il mît en perce sur-le-champ un tonneau de vin, dont il remplit un grand vase pour notre repas.

Je ne sais de quel crû était ce vin; mais j'ai rarement bu une plus généreuse liqueur José fit des folies; son imagination de nègre se dévergonda. Il me dit que le bon Jésus aurait dû faire couler du vin dans le lit des rivières, afin que les hommes fussent toujours heureux. Comme tous les gens grossiers et ignorants, il trouvait le bonheur dans l'ivresse; je le laissai faire, et allai tirer plein une écaille de coco d'eau-de-vie, qu'il but presque entièrement; puis, dans une ivresse complète, il se jeta sur sa couche et tomba dans un lourd sommeil. J'avais mon but en agissant ainsi, et j'avoue qu'il me fut suggéré par une petite pointe de vin.

Vers le milieu de la nuit, José s'éveilla, et se leva encore tout chancelant. Il cherchait de l'eau pour éteindre l'ardeur brûlante de son gosier.

— J'ai soif, me dit-il, quand il vit que je m'étais éveillé.

— Eh bien ! José, buvez le vin qui est dans le vase.

— Oh ! maître, il y a du feu dans ma gorge... de l'eau ! de l'eau !... Je l'avais répandue à dessein : il n'en trouva pas une goutte.

— Buvez le reste du vin, José ; il vous rafraîchira.

— Ah ! maître, de l'eau ! de l'eau !

— Mais, José, vous vouliez que le bon Jésus eût fait couler du vin au lieu d'eau dans le lit des rivières.

— José ne savait ce qu'il disait alors, maître. Pour l'amour du bon Jésus que je n'offenserai plus, donnez-moi de l'eau !

J'allai en remplir un grand vase, car José aurait pu se noyer s'il y fût allé, et je le lui apportai. Il se mit la tête dans le vase, et but, à la manière des animaux, une énorme quantité d'eau, puis se rejeta sur sa couche où il s'endormit. Le lendemain, il me fut facile de lui faire comprendre que ce que Dieu a fait est sagement fait ; José en fut si convaincu qu'il ne réclama plus l'usage de ce qu'il avait retenu avec tant d'obstination.

Lorsque je fis connaître à la dame Van Broeken la découverte que j'avais faite et ce que je croyais devoir en faire, selon ma conscience, elle me fit cette réponse remarquable :

— Tout appartient au commandant du fort, représentant la Compagnie hollandaise des Indes. La Compagnie ne meurt point. Veillez à la conservation de ces richesses et marchandises : si Dieu permet que vous retourniez en Europe, vous emporterez tout avec vous pour le restituer à la Compagnie des Indes. Il était dû six mois de paye à mon défunt mari ; vous les remettrez à ma fille. Voici la note.

Elle tira d'un carton une feuille de papier qu'elle me remit, où je lus : « Il est dû à Jasen Van Broeken, employé de la Compagnie à la résidence de Lalou, comptoir dans l'océan Indien, six mois de payement... six cents florins de Hollande.

— Eh bien ! Madame, lui dis-je, vous recevrez aujourd'hui cette somme qui vous est due ; je suivrai pour le reste les avis que vous voulez bien me donner.

— Monsieur, me répondit-elle, cet argent est plus en sûreté là où il est qu'il le serait ici. Que Dieu veuille vous offrir une occasion favorable de retourner en Europe ; si elle tarde de quelques années, je ne pourrai en profiter avec vous ; mais je vous prierai, avant de rendre mon âme à Dieu, de prendre ma fille sous votre protection, et de la conduire dans sa famille ; elle est encore trop jeune pour achever ses jours parmi ces braves gens, mais qui enfin ne sont que des sauvages, exposés à tous les dangers de la vie qu'entraîne le défaut de civilisation.

Elle me dit ces paroles d'un ton si plein de confiance, qui dévoilait une âme pure et exempte de soupçons, que je fis intérieurement le serment de répondre à cette noble confiance, si les événements en offraient l'occasion.

Je refermai la cave, sans renoncer à la possession des objets concédés à la ténacité de José ; mais je me fournis de quincaillerie dont j'avais besoin, sans craindre d'engager ma conscience.

La somme d'argent trouvée dans le vaisseau abandonné était suffisante pour nous procurer, à José et à moi, une existence aisée et honorable en Europe, si j'avais le bonheur d'y retourner ; ma position était enviable, et cependant je l'eusse changée contre les fatigues et les dangers de la mer.

Il me tardait de visiter en détail cette partie de l'île qui peut-être me nourrirait jusqu'à la fin de mes jours. Je laissai José surveiller les travaux, et, bien armé, quoique je crusse n'avoir aucun ennemi à repousser, le havresac peu chargé de provisions, car elles s'offriraient à moi durant ce petit voyage, je me mis en route vers la partie nord-est, que je n'avais jamais visitée. Les mêmes arbres fruitiers, les mêmes riantes clairières entre des massifs de verdure, parcourues par des êtres sans nom pour moi, sauf ceux dont les Hollandais avaient enrichi l'île, s'offrirent à mes yeux ; mais la variété, la beauté, l'éclat des fleurs, attirèrent pour la première fois mon attention distraite par de graves soucis, d'amers regrets.

Je pris mon premier repas dans un véritable parterre, les sens excités par tant de contacts saisissants, que je tombai dans une profonde méditation qui avait quelque chose de bien attrayant. Tout ce que je voyais, tout ce que je touchais, examiné avec attention, éveillait mon admiration. Ces fleurs si belles, si pures, se déployaient dans toute leur splendeur au sein de la solitude ; peu leur importait mon admiration : placées là par Dieu, elles accomplissaient leur existence comme ce brin d'herbe que mon doigt froissait, et qui, lui aussi, est paré de tout l'éclat affecté à son espèce ; comme ces banderolles de lianes qui tombaient du haut de ces grands arbres et flottaient chargées de fleurs au souffle le plus léger ; comme ces troncs puissants qui s'élevaient directement vers le ciel, et étendaient leurs bras nerveux à des hauteurs inconnues en Europe, comme s'ils étaient avertis qu'ils doivent se rapprocher de ce sol d'où ils s'étaient élancés, qui les nourrit et élabore les gaz qu'absorbent les feuilles de leurs rameaux. Si, comme dit le Psalmiste, les cieux racontent la gloire de Dieu, la terre ne reste pas muette. Elle aussi la raconte, la met à la portée des sens, nous en pénètre et nous inonde d'admiration.

Cet admirable enchaînement des êtres, si variés dans leurs formes, dans leurs couleurs, dans leurs caractères, que cette terre roule dans les espaces sans bornes de l'infini, depuis que les siècles sont tombés un après un dans le passé qui ensevelit tant de choses, et qui cependant lègue toujours au présent la vie, le mouvement, les mêmes révolutions des êtres, me proclamait si haut la prévoyance de Dieu, que je me sentis comme transformé, que je sentis en moi une nouvelle existence, et que j'eus honte d'avoir vécu occupé des minuties, des puérilités de la terre, quand il y avait sous mes yeux tant et tant d'aliments pour la reconnaissance, pour l'admiration de mon âme.

Je finis par tomber dans une rêverie semblable à celle que procure l'opium, mais bien défférente quant à sa nature. Il me sembla que mon cerveau recevait les rayonnements de tous les êtres qui m'environnaient, que ces rayonnements lui révélaient leur existence intérieure, lui racontaient leur nature, leur histoire, leurs besoins, leur destination et leur but ; puis du centre de ces rayonnements parlants s'élevait un hymne de reconnaissance vers l'auteur de tous les êtres. Evidemment mon cerveau était surexcité, ou une nouvelle manière de sentir s'était révélée en moi.

En comparant cet état de mon âme, où se trouvaient concentrées en un seul foyer toutes mes sensations, je crus à l'existence d'une puissance existant dans l'homme, et qui lui est restée inconnue ; je compris l'étendue immense que la bonté de Dieu pouvait ouvrir à l'âme humaine, et je restai presque anéanti.

Les contrées intertropicales n'ont point, ou, si elles en ont, c'est en bien petit nombre, d'oiseaux aux chants mélodieux ; mais elles ont de ces êtres ailés qui éblouissent les yeux par la magnificence de leur plumage. On dirait que des pierres précieuses, taillées en oiseaux, sautent de branche en branche, tourbillonnent dans les rayons du soleil ; mais les cris aigus, rauques, discordants, les sifflements, les piaillements, viennent bientôt déchirer l'oreille et vous arracher aux illusions de la vue. Ce fut ce concert peu harmonieux qui me tira de la concentration d'esprit et me rendit à l'existence commune.

Le soleil était bien près de l'horizon ; ses rayons obliques n'éclairaient plus que les hauts palmiers dont les feuilles frémissantes semblaient s'en pénétrer dans des tressaillements de bonheur, lorsque je songeai que le corps avait aussi besoin de nourriture. Mon havresac était vide, un seul coup de fusil pouvait fournir à ma broche improvisée un mets que les tables les plus délicates n'eussent pas dédaigné ; mais l'idée de donner la mort à un de ces êtres que Dieu protégeait, dans lesquels il avait soufflé la vie, qui la passaient au milieu de l'opulence et des pompes de sa nature, cette idée me fit horreur : je ramassai des fruits tombés dans leur maturité, et je soupai comme un véritable Hindou, car je partageais alors leur respect pour la vie des êtres. Mon hamac, suspendu à des lianes en fleurs, recouvert de girandoles d'autres lianes fleuries, reçut ce doux et voluptueux balancement qui endort, comme la nourrice endort l'enfant sur ses genoux. Mon sommeil fut profond, sans rêves, calme, calme comme la solitude au sein de laquelle j'étais enseveli ; point inaperçu, créature chétive, au milieu de ces géants dont les têtes chargées de rameaux buvaient dans le ciel la rosée et les rayonnements des étoiles.

Les sensations violentes sont des chocs qui ébranlent l'organisme, en troublent le jeu et hâtent sa décomposition ; les sensations tristes épuisent l'énergie du cœur, tarissent les sources de la vie intellectuelle, et amènent l'affaissement de l'esprit et le dégoût de l'existence ; mais les sensations douces, j'oserais dire saintes, comme une source bienfaisante rafraîchissent l'esprit, ravivent le cœur, rétablissent l'harmonie de l'organisme, et laissent l'homme dans la plénitude de sa puissance, dans toute l'expansion de son existence : aussi tout le charme, tout semble lui chanter un hymne de bonheur.

Admirable rapport des êtres, mais bien rare dans les sociétés humaines ! Plein de force, l'âme disposée aux douces jouissances, je repris mon voyage et atteignis la lisière des forêts qui couvraient les bases inclinées des montagnes : je n'osai m'aventurer dans leurs lacis de verdure, les rayons du soleil ne pouvaient pas les percer : de ces demi-ténèbres humides s'élevait une vapeur tiède, comme la vapeur de leur encens vers Dieu. J'allais retomber dans un ordre d'idées analogue à celui de la veille, quand j'entendis un cri plaintif... c'était le dernier cri d'un pauvre petit oiseau qu'un énorme serpent venait d'engloutir dans sa large gueule. Il me sembla que je perdais toutes mes illusions de bonheur... Une loi terrible, générale, nécessaire, ne continue la succession d'existence des êtres que par la destruction de ces mêmes êtres ! tous ont leur vie à surveiller, à défendre contre des ennemis ; tous ont l'inquiétude du danger et la mort sans cesse en perspective, précédée de la douleur. Je visai le reptile monstrueux et le frappai à la tête ; les claquements de sa queue, les roulements de son corps me dirent : « Il souffre aussi avant d'expirer. » Je fus presque mécontent de mon action; je ne savais plus ce qui est bien ou ce qui est mal. Ce serpent obéissait à sa nature, il ne pouvait vivre que par la destruction, comme l'oiseau n'avait vécu lui-même que d'insectes qui jouissaient aussi de la vie; et moi, qui pouvais ne pas détruire, je venais d'opérer une œuvre de destruction. En vérité, je ne sais si je n'eus pas des remords !

Je côtoyais les lisières au milieu de la plus opulente végétation, foulant tantôt des fleurs, tantôt posant le pied sur des myriades d'insectes rampants, fendant des nuées d'insectes ailés, rencontrant toujours la vie mouvante, bourdonnante et frémissante sous les battements de petites ailes dont la quantité seule pouvait susciter un bruit perceptible.

J'avais faim; mes scrupules de la veille s'étaient tus devant le cri bestial de l'estomac. J'abattis un gros perroquet vert et le mis sans remords au bout de ma brochette, attentif à l'amener à un point de cuisson appétissant; un coup de vin, resté dans une noix de coco, me rendit aux habitudes sociales, et je trouvai que, puisque l'homme peut manger de tout, il a le droit d'user de la loi générale, de la loi de destruction; puis je me pris à réfléchir sur l'étrange mobilité de l'esprit, et sur la puissante influence que l'alimentation exerce sur nous.

L'homme est un mystère pour lui-même; cependant il se sent, il peut concentrer sur lui-même son attention; mais les ténèbres couvrent sa nature, et il ose sonder l'infini... Dieu... Je pris le parti de ne plus réfléchir.

Quand je pris cette résolution, je gravissais des rochers contre lesquels j'entendais les clapotements des paisibles lames de l'océan, car l'océan ne se repose jamais entièrement. La côte était hérissée de brisants dont les pointes noires et

aiguës se montraient entre l'intervalle des lames ; à une assez grande distance, le refoulement partiel dans la ligne de
la lame indiquait un écueil à peine couvert. Cette mer était
dangereuse et pleine des constructions lentes, mais incessantes, des polypes. En plongeant mes regards dans les
profondeurs de l'horizon, je distinguai des petits points qui
paraissaient sombres sur les flots, scintillants aux feux du
soleil... Des navires ! m'écriai-je ; et mes yeux restèrent
attachés sur ces points.

L'homme qui a passé une partie de sa vie sur la mer
sait distinguer les navires à mille indices qui échapperaient
à tout autre. Je reconnus bientôt que ces navires n'appartenaient point à une des nations commerçantes de l'Europe,
et j'eus la conviction qu'ils étaient Malais. Me remettre en
route sur-le-champ, me hâter de retourner au fort, fut ce
que je fis, en suivant la ligne la plus directe et hâtant le
pas.

J'y arrivai le soir même, et envoyai aussitôt deux des
naturels donner l'alarme aux habitants de l'îlot. S'ils
voulaient se conformer à mon avis, qui était de cacher tout
ce qu'ils possédaient dans la caverne et de passer ensuite
sur l'île, où ils trouveraient un abri dans le fort, ils devaient allumer un feu sur le rivage ; deux feux s'ils persis-
taient à rester. Tandis que le trajet se faisait, aidé des deux
autres naturels, nous approvisionnâmes le fort d'eau, et prîmes toutes les mesures nécessaires pour ne pas nous trouver
au dépourvu. Un feu brilla sur le rivage de l'îlot ; nous mîmes le pros en mer et pointâmes vers cette résidence. Le
mobilier des sauvages n'est pas embarrassant ; une heure
leur avait suffi pour le mettre à l'abri : nous les rencontrâ-
mes à moitié distance. La dame Van Broeken passa sur la
pros avec sa fille et plusieurs naturels qui chargeaient trop

les pirogues, et nous forçâmes de rames pour arriver à l'île.

Les bâtiments suffisaient et au-delà pour loger tout ce monde; ils étaient rétablis et commodes; je les indiquai aux naturels, en leur laissant le soin de s'y aménager. Au point du jour, les femmes et les enfants allèrent recueillir une grande quantité de fruits, surtout en cocos secs, et approvisionnèrent ainsi le fort pour plusieurs jours; car ils avaient, de leur côté, apporté tout ce qu'ils avaient d'aliments dans leurs huttes. Jenny Van Broeken me servit d'interprète auprès des sauvages, à qui elle expliqua les dispositions que j'avais prises et le concours que j'attendais d'eux. Ils parurent pleins de confiance, et se montrèrent d'une grande docilité. Le pros et les trois pirogues furent attachés à la partie de la muraille que la mer baignait, et deux embrasures pour canons ouvertes au-dessus de ces embarcations pour en éloigner les Malais; l'étendue des murailles garnies de parapets fut confiée à la garde des naturels, armés de massues et de longues lances; je n'osai leur confier nos fusils dont ils ne connaissaient point le maniement. Nous nous trouvâmes en tout onze hommes propres à repousser l'ennemi; mais Jenny sut si bien exalter la tête des femmes, qu'elles voulurent aussi être de la partie.

La dame Van Broeken et sa fille furent établies dans le rez-de-chaussée de la tour, le lieu le plus abrité du fort. Le danger commun était compris, et chacun s'employa de son mieux pour y faire face.

A l'aide de ma lunette, je découvris sept pros chargés d'hommes; ils se dirigeaient vers l'îlot qui se trouvait entre eux et l'île; mais ils avançaient lentement, le vent un peu vif contrariait leur marche. Bientôt ils furent couverts par

l'îlot, et je les perdis de vue. Ils s'y rendaient donc directement. Comme je ne pouvais pas espérer leur échapper, la
masse du fort étant trop en évidence sur un rocher au bord
de la mer, je fis arborer sur le fort un large drapeau blanc,
dans l'intention de prévenir de mes idées pacifiques. Si
les Malais le découvrirent, ils n'en tinrent pas compte;
car la fumée qui s'éleva bientôt en tourbillons sur l'îlot
nous prouva qu'ils incendiaient les demeures des naturels.
A cette vue, ceux-ci poussèrent **un cri de fureur**; et,
sachant ce que signifiait le drapeau, ils demandèrent qu'il
fût enlevé. Ils ne respiraient plus que la vengeance.

Ce fut vers le soir que nous vîmes les pros apparaître
sur le rivage tourné du côté de l'île; je supposai qu'ils voulaient y arriver durant la nuit. Trois naturels furent postés
sur le rivage, et devaient venir nous avertir de l'approche
de l'ennemi, et indiquer le point qu'ils voulaient atteindre
pour débarquer.

La nuit était heureusement parfaitement éclairée par la
pleine lune; le reflet de ses rayons, par les ondulations de
la mer, augmentait cette clarté et rendait les corps com-
pactes très visibles. Les Malais connaissaient l'île, car ils
pointèrent vers l'entrée du port. Les insulaires de retour,
je réfléchis à ce que j'avais à faire. Après toute réflexion,
je ne voulus pas devenir l'agresseur, et les laissai entrer
dans le port, où je pourrais mieux connaître leurs forces et
leurs projets. Les pros s'avancèrent jusqu'à huit **ou** neuf
cents brasses du fort; le nôtre et les trois pirogues attirèrent leur attention, un de leurs pros nagea pour s'en emparer. Je pointai la pièce chargée à mitraille, et mis le feu;
elle porta en plein dans le pros, de l'avant à l'arrière; plusieurs hommes tombèrent à la mer, grand nombre furent
criblés ou tués. Le second coup, chargé à boulet, acheva la

destruction : le pros éprouva un mouvement d'oscillation, s'enfonça de l'arrière, puis coula à fond. Nous vîmes une dizaine de Malais nager vers les autres pros qui s'étaient avancés, plusieurs corps s'agitant sur l'eau, puis l'abîme se referma sur eux.

La leçon était forte. Les pros nous lâchèrent trois ou quatre boulets, puis se retirèrent à l'autre extrémité du port; ils y opérèrent un débarquement. Le soleil parut sur ces entrefaites; je vis que les Malais avaient abrité leurs pros derrière des pointes de rochers, et qu'ils se remuaient à terre comme gens qui se préparent à une grande entreprise. Mais ils y mirent de la prudence. Je distinguai des hommes qui se glissaient dans l'intérieur des terres ; je supposai qu'ils venaient observer la place du côté où la mer ne la baignait pas.

José fut posté en sentinelle au haut de la tour ; les autres hommes se reposèrent ; l'attaque ne pouvait pas avoir lieu avant la fin du jour. Leurs explorateurs eurent le talent de se soustraire aux yeux de José, car je les vis revenir sans que celui-ci eût donné aucun signal. Les Malais débarquèrent plusieurs petites pièces de canon ; ceci me fit connaître leurs intentions. Je tournai aussitôt mes moyens de défense du côté de la terre.

Les Malais avaient sans doute apprécié nos forces par le petit nombre de nos embarcations, et se flattaient de nous emporter par terre. Ils pouvaient être au nombre de cent à cent vingt hommes. Ce fut encore pendant la nuit qu'ils s'approchèrent du fort ; comme leurs éclaireurs les avaient fort bien renseignés, ils vinrent se poster, à la portée du fusil, derrière un massif d'arbres qui les couvrait contre notre feu. Le matin, je découvris avec douleur qu'ils faisaient un retranchement et plaçaient leurs canons sur des embrasures de gazon. Il nous restait encore une trentaine de boulets et dix-huit fusils; mais nous n'étions que deux hommes en état de nous servir de ces armes... toutes nos petites pièces furent établies vis-à-vis leur retranchement et chargées. José me persuada que cinq des naturels pourraient se serv.. de fusils; car, ajouta-t-il, je les ai exercés la nuit dernière. Dans les cas urgents, on a recours à tout... ils reçurent des fusils et des cartouches, mais je leur recommandai de ne tirer que sur l'ennemi en masse. Jenny elle-même prit un fusil et se posta à une des meurtrières de la tour.

La petite garnison était pleine de courage et d'ardeur, quand l'ennemi nous lâcha une bordée de ses canons; le peu d'effet qu'ils produisirent contre les épaisses fortifications en terre et en bambous me rassura un peu. Nous ne ripostâmes point. Une seconde volée nous arriva : les boulets se faisaient un chemin dans la terre, brisaient les tiges de bambous, mais la muraille ne s'écroulait point. Les Malais, que ce mauvais succès irritait, que notre silence étonnat, firent une avance vers les parties les plus basses des remparts; ils présentaient le flanc : huit détonations leur apprirent que nous étions d'humeur à les recevoir; mais le fusil de José et le mien furent seuls meurtriers; deux hommes seulement tombèrent. Ils avançaient; je sautai sur la mèche, pointai rapidement, et leur envoyai, coup sur coup, nos boulets. Ils firent plus d'effet que nos balles, car les Malais battirent en retraite, emportant bon nombre de morts ou de blessés. Notre feu cessa, nous étions transportés de joie. Je crois qu'en ce moment nous nous regardions comme en état de repousser tous les Malais du monde.

Je profitai de cet enthousiasme pour faire creuser un fossé intérieur, derrière la partie basse des murs; il fut garni de pieux aigus. Il fallait ménager les forces de nos gens : j'en laissai trois en sentinelle, et les autres, après un copieux repas auquel j'ajoutai un peu de vin, allèrent s'étendre sur leurs nattes. J'allai visiter la dame Van Broeken.

— Ce bruit, me dit-elle, ne m'a effrayée que pour ma fille ; la Providence fera de moi selon sa volonté. La bonne dame, comme Aaron, était restée en prières durant l'attaque.

Le récit de ce qui s'était passé ne lui inspira pas autant d'espérance qu'à moi. — Les Malais, me dit-elle, sont une race perfide et entêtée ; ils machineront quelque ruse ; prenez-y garde, c'est la seconde fois qu'ils assiégent ce fort, et il était alors défendu par une bonne garnison de Hollandais qui avaient leurs marchandises à défendre ; cependant ils furent sur le point de l'emporter.

Ce récit n'était pas de nature à me rassurer ; aussi je visitai de nouveau les fortifications, et redoublai mes mesures de prévoyance.

Le matin du jour suivant, Malais et pros avaient disparu ; j'interrogeai tous les points de l'horizon, et ils étaient solitaires. Cela m'inspira des inquiétudes. José, dont je connaissais l'adresse pour se cacher, fut envoyé avec deux naturels au retranchement abandonné des Malais. Son rapport ne m'apprit rien. Les Malais, selon moi, avaient côtoyé le rivage, s'étaient rendus sur un point de la côte, pour venir ensuite tomber sur nous à l'improviste. Des battues furent faites dans l'intérieur du pays, et ne nous instruisirent pas davantage. Trois jours se passèrent dans ces incertitudes : déjà les naturels songeaient à retourner à l'îlot, par un sentiment superstitieux qu'entretenait la dame hollandaise, quand un des enfants des naturels, qui s'était avancé vers les forêts, vint nous donner l'alarme. Il avait trouvé la peau d'un bœuf tendue sur des branches, et en

avait conclu que des hommes se cachaient dans l'intérieur
de l'île. Je fis interroger cet enfant par Jenny ; je me confir-
mai dans la croyance que les Malais s'étaient cachés sur
quelque point de la côte, mais qu'ils avaient laissé un parti
dans l'intérieur de l'île. Cette opinion retint au fort les naturels, et nous sauva tous.

C'était le sixième jour depuis le départ des Malais ; nous
avions été recueillir dans les massifs environnants les fruits
nécessaires à notre subsistance, et nous rentrions chargés
de ces provisions, quand nous aperçûmes un gros de Malais
qui couraient pour nous barrer le chemin. Entre eux et nous
se trouvait un bas-fond marécageux qu'ils ne pouvaient tra-
verser sans de grandes difficultés ; nous nous jetâmes sur la
gauche, et atteignîmes le fort au moment où ils commençaient à tirer sur nous.

La ruse découverte, il ne restait aux Malais que la force ;
ils y eurent recours. Le jour suivant, on les vit s'avancer,
portant devant chaque homme une énorme fascine qui les
couvrait comme un bouclier ; puis, au-dessus de leur troupe,
des échelles pour escalader les murs. Ils avaient reconnu
notre petit nombre. Je fis distribuer à nos gens une forte ra-
sade de vin, les armai de longues lances, et les postai derrière le parapet du rempart menacé. On fit une ouverture dans
la tour pour y introduire la bouche d'un canon qui devait
nettoyer la muraille dans toute son étendue du côté de la
terre ; quatre pièces furent chargées à mitraille et rangées
dans le rez-de-chaussée. Cela s'exécuta avec la rapidité que
l'on met quand le cœur et les bras sont d'accord. Les Malais
arrivaient ; pas un coup de fusil n'avait été tiré, pas un seul
homme n'avait paru en évidence. Ils se formèrent en grou-
pes séparés, et tellement environnés de fascines, que pas
une balle n'eût pu les atteindre. Les échelles sont plantées

et couvertes d'assaillants ; ils atteignent le haut du mur où les lances des naturels les percent, et la mitraille des pièces les broie sur les échelles et les renverse dans le fossé. Alors la fusillade traverse les éclaircies des fascines ; José et moi tirons les fusils qu'on charge rapidement ; les femmes jettent des brandons allumés sur ces masses de fascines mouvantes ; le désordre les enflamme, les Malais fuient, et nous les poursuivons de nos balles... Leur perte fut énorme ; ils ne relevèrent ni leurs blessés ni leurs morts, et s'enfuirent de toute la force de leurs jarrets. Ce fut la fin du siége : nous vîmes deux de leurs pros en haute mer, et nous trouvâmes plus tard les autres qu'ils avaient démembrés.

Il y avait sur le champ de bataille quarante-cinq morts ; pas un seul en vie. Je soupçonnai que José, qui avait conservé sa haine contre les Malais, avait passé avant ma visite, et avait achevé, aidé des naturels, plus d'un blessé. Leurs cadavres furent jetés à la mer ; nous n'étions pas disposés à rendre des honneurs funèbres aux morts ennemis de cette race pillarde.

Je fis alors une nouvelle tentative auprès de la dame Van Broeken pour la fixer au fort : contre mon attente, elle y consentit, et détermina les naturels à prendre aussi ce parti.

Pour ces braves gens j'étais un grand guerrier ; je soupçonne même José de m'avoir un peu représenté comme un grand magicien. Que m'importait ! pourvu que je fusse respecté et obéi... mes vues étaient humaines ; l'appui que je donnais aux débris d'une nombreuse population pouvait la ramener à son ancienne puissance.

C'est vers ce but que les jours de tranquillité et de paix qui suivirent ces temps malheureux me permirent de tourner mes vues. La dame Van Broeken me seconda singulièrement ; elle avait, par son exemple, son inaltérable bonté, disposé les esprits des naturels à la religion chrétienne. Par son conseil, nous établîmes un oratoire où notre petite société se réunissait le matin avant d'aller aux travaux dont je vais parler, et le soir à la fin de ces mêmes travaux.

V

Deux situations dans la vie disposent admirablement l'âme à la religion. Un bonheur calme, assuré, qui laisse à l'esprit toute sa puissance, toute sa liberté, et le met en dehors des passions tumultueuses ; l'idée de la Providence vient alors naturellement : on la voit, on l'admire dans tous les êtres animés ou inanimés. L'autre situation, en tout opposée, est celle où, frappé par le malheur, abandonné de tous (car le malheur et l'amitié ne se connaissent point), ne trouvant, de quelque côté que les regards se tournent, que des causes de colère, de rage, de désespoir, on fait un appel à l'énergie de son âme, et on en trouve le ressort brisé. Oh ! c'est alors qu'entre la mort et une vie harcelée on trouve le sentiment religieux comme une planche de salut contre le suicide. La terre et ses misères, les hommes avec leurs injustices, leurs lâchetés de cœur, leurs soupçons, leurs mensonges, leurs calomnies, leurs haines et leurs scélératesses, n'apparaissent plus que comme des imperfections qu'il faut plaindre, qu'il faut éviter, en se mettant sous la protection de Dieu.

J'avais passé par toutes ces situations d'esprit; aussi les

projets religieux de la dame hollandaise furent mis par moi,
et avec ardeur, à exécution ; mais je n'osai établir les
cérémonies du culte : quoique je susse combien grande est
leur influence sur les peuples sauvages, je ne me reconnaissais aucun pouvoir pour cela. José, que la dame Van
Broeken avait pris en affection, et qu'elle catéchisait mieux
que je ne l'eusse pu faire, devint un nouvel intermédiaire
entre nous et les naturels. Il avait appris leur langue avec
une étonnante facilité, et leur faisait souvent des exhortations. Tout le monde gagnait à ce genre de vie ; nos
travaux civilisateurs s'exécutaient avec plaisir. Il faut
ici, non que je les détaille, mais que j'en donne un simple
aperçu.

Dans les caisses laissées au fort par les Hollandais se
trouvèrent des graines, des légumes de l'Europe, et une
assez grande quantité de froment. Le tout fut confié à une
terre bien remuée et d'une richesse surprenante. Nous parvînmes à saisir quelques vaches devenues sauvages, et à
les plier à l'état de domesticité. Les moutons, dont la toison
laineuse s'allongeait en poils, surtout dans les agneaux, ne
nous donnèrent pas la moindre peine pour les apprivoiser.
Ce fut en enlevant des œufs de poules et de canes que nous
obtînmes, par la méthode des Chinois, que je connaissais,
des volatiles domestiques. Nous étendîmes nos tentatives
sur tout ce qui put nous être utile. L'île produisait des
cannes à sucre ; nous les cultivâmes près du fort, et obtînmes, dès la première tentative, une mélasse très chargée
de sucre, et fîmes avec son mélange et celui des fruits
d'excellents mets, des boissons agréables et rafraîchissantes.
La pêche devint un art ; ce furent les insulaires qui nous
l'enseignèrent : aussi le poisson ne nous manquait jamais.
Notre vie était réellement une vie de paix et d'abondance

qui eût dû me fixer dans cette île heureuse ; mais l'amour de la patrie venait souvent assombrir mon bonheur : je ne pouvais jeter les yeux sur l'océan sans ressentir le désir d'y découvrir une voile européenne.

L'activité de l'âme, toujours en quête de nouvelles émotions, ne permet pas de se reposer dans le calme d'une existence monotone. L'homme est né pour la lutte : il lui faut des désirs, des émotions incessantes ; il lui faut ce qu'il ne trouve jamais, la quiétude de l'esprit et le silence des passions... Mais, animal obstiné, il se rue tête baissée contre l'obstacle, sans s'inquiéter de ce qu'il trouvera derrière.

Je faisais toutes ces réflexions quand la nuit je me laissais aller aux souvenirs de la patrie ; je tâchais de les éloigner, et je remerciais Dieu du sort heureux qu'il m'avait fait dans ces contrées lointaines ; mais aussitôt je rêvais à l'océan, à ses longues vagues, à ses calmes, à ses tempêtes, et au bonheur de sauter sur le sol natal après une longue absence, d'embrasser ses amis d'enfance, de parcourir les lieux où s'étaient écoulées mes premières années. Je ne comprenais plus mon bonheur ; je me levais triste, inquiet, et portais mes regards avides sur l'étendue solitaire des flots.

Cependant nos semailles profitaient à vue d'œil ; déjà les oiseaux venaient faire connaissance avec ces nouvelles productions et m'inspiraient des inquiétudes pour leurs résultats. Ce fut une occupation pour les enfants de les effrayer, et nous pûmes sauver nos récoltes, non sans que les oiseaux du ciel en eussent enlevé la dîme matinale ; car ils étaient toujours à fourrager quand nos petits insulaires, armés de bruyantes claquettes de l'invention de José, couraient autour du champ, troublant le festin de ces avides habitants de l'air et des bois.

Comme je ne voulais pas que les insulaires dont j'avais entrepris la civilisation vécussent en communauté, parce que le plus puissant mobile du travail, l'esprit de possession, est émoussé quand on compte sur le travail d'autrui, je leur fis cultiver chacun l'étendue de terrain qu'il voulut, je les munis de bétail obtenu par nos battues et nos filets, ainsi que de volailles, et les laissai vivre à leur guise, tout en les initiant à nos arts culinaires. Le pain fut de leur goût, surtout par la facilité que la céréale qui le fournit offre pour les provisions de la saison des pluies. Chacun eut bientôt son petit champ de froment. Nous avions aussi une belle rizière sur la rive du cours d'eau ; nous pouvions toujours la tenir inondée : aussi les épis étaient magnifiques. Les insulaires m'imitèrent, et chacun eut son petit carré de riz.

Fixer les hommes au sol par un travail productif est le moyen le plus efficace de civilisation.

Dans les objets de quincaillerie, José trouva tous les instruments du menuisier ; et comme il était très habile dans les ouvrages manuels, il put, à l'aide de quelques insulaires, enrichir nos demeures de jolis meubles. La dame Van Broeken et sa fille s'occupaient de la laiterie en femmes qui s'y entendaient : nous eûmes du lait arrangé de toutes les manières, du beurre excellent, et de magnifiques fromages. Notre basse-cour était devenue si nombreuse que nous fûmes obligés de donner chaque matin la clef des champs à ses pétulants habitants ; mais ils revenaient le soir, ou aux jours d'orage ; ils trouvaient toujours de la nourriture de leur goût au logis.

Un jour que je pêchais sur le rivage près de la mer, j'aperçus à une certaine distance un corps flottant ; la lame le poussait sur la grève ; je reconnus bientôt que c'était un de ces petits barils dans lesquels on renferme du rhum. Je l'attirai à moi, et reconnus à son peu de poids qu'il était vide ; cependant quelque chose ballottait dedans quand je le remuais. Lorsque les cercles furent enlevés, et les fonds poussés dans l'intérieur, j'en retirai une boîte en fer blanc rouillée ; je la dessoudai avec mon coutelas : elle contenait un rouleau de papier d'une grosse écriture à peine lisible... c'était la relation d'un naufrage. Le navire avait été brisé à l'entrée de la mer Mauvaise ; le capitaine et l'équipage s'étaient jetés dans les embarcations, et c'est un de ces naufragés qui avait écrit ce récit du haut d'une pointe de rocher que la haute mer couvrait presque entièrement. La date du récit remontait à six jours. Ce malheureux naufragé ne devait pas être loin de notre île, car le baril n'avait pu être emporté rapidement, mais il avait dû suivre le mouvement de la marée peu sensible en haute mer. « Je ne puis, disait-il, indiquer la latitude de l'écueil sur lequel j'attends, avec deux compagnons de naufrage, une mort certaine, si le ciel ne m'envoie un prompt secours. J'étais passager sur le navire français le Roland ; nous avons vécu jusqu'à ce jour d'huîtres et de coquillages attachés au rocher ; il nous reste un gallon d'eau et cinq bouteilles de rhum pour toutes provisions. Que le ciel ait pitié de nous !... » — Il vous enverra du secours ! m'écriai-je, comme s'ils eussent pu m'entendre ; et je courus aussitôt au fort.

Il fallait quatre hommes pour bien manœuvrer notre pros ; il reçut des provisions pour quinze jours. Je me munis d'une boussole, pris le relèvement exact de notre île, puis, après avoir interrogé la direction des vents, nous gagnâmes la hautes mer. Au haut du mât j'avais fait attacher une longue banderolle rouge dont la couleur tranche sur celle du ciel et de la mer, et peut être découverte de plus loin. Quoique le vent ne nous fût pas positivement favorable, car la masse de l'île en changeait le cours, cependant nous avancions assez, et notre voile triangulaire nous aidait beaucoup, par la facilité de l'orienter. Le pros, peu chargé, et d'ailleurs très léger, marchait bien, la mer était bonne, mais la chaleur étouffante ; nous nous tenions à l'abri du soleil sous une toiture légère de feuilles de vaquier.

Vers le soir nous avions perdu l'île de vue ; ses hautes montagnes pointaient à l'horizon comme des nuages immobiles entre le ciel et la ligne sombre des flots. Je n'avais pas cessé un instant d'interroger, avec ma lunette, la surface mobile de la mer, mais en vain. La nuit, je fis allumer un grand feu que j'élevai à l'arrière, et ceux de nous qui veillaient au pros étaient chargés d'écouter si un cri, un bruit quelconque, traversait le silence de la nuit. Lorsque je reposais, José veillait, et je pouvais m'en rapporter à la finesse de son ouïe, quoiqu'il eût de fort grosses oreilles. Mon sommeil ne fut pas de longue durée ; l'espoir de tirer les trois malheureux naufragés de leur épouvantable position m'agitait trop pour que mon sommeil fût long et paisible. — Dormez, dis-je à José ; je veillerai. Je portai mes yeux sur la voile que le vent enflait plus que durant le jour ; en tombant dans le lit du vent la marche devenait plus rapide, et, quoique je ne connusse point cette mer, le pros tirait si peu d'eau, il était si peu chargé, avait une proue si habilement recourbée, que je craignais peu les écueils sous-marins ; ceux qui s'élèvent au-dessus des flots sont aisés à découvrir par le clapotement des vagues en temps calme, et par un retentissement dans les gros temps. L'insulaire était au gouvernail, et moi, couché sur le ventre à l'avant, je sondais les espaces presque immobiles de l'océan ; mon oreille saisissait les murmures sans nom qui traversaient l'espace, qui surgissaient avec une lame et s'éteignaient aussitôt. La proue s'ouvrait un passage facile sur une mer lumineuse, et le pros laissait après lui une traînée phosphorescente de lueurs liquides ; le ciel, nettoyé de tovt nuage, n'avait pas cette teinte bleuâtre des contrées septentrionales : il était d'une couleur de bronze poli ; mais l'éclat des étoiles était tel que chaque lame le réfléchissait et jetait comme un ruban ondulé et phosphorescent. Malgré mon attention à écouter, je tombai dans la rêverie, et je m'assoupis au clapotement monotone de la lame contre les flancs du pros. Tout-à-coup une violente secousse me jeta au fond de l'embarcation : le pros avait touché un écueil. — Effrayé, j'appelle José, que la même secousse avait arraché au sommeil. Il saute à la barre, et, sans réfléchir, lui donne une violente impulsion vers bâbord... une secousse plus légère nous avertit que nous étions engagés dans une suite d'écueils. — A bas la voile, José !... Tandis que le pros dansait au milieu des brisants, j'explorai la mer : un large canal s'ouvrait à tribord ; je commandai la manœuvre du gouvernail, et nous tombâmes dans ce canal, où je résolus d'attendre le jour pour examiner nos avaries. Le pros ne faisait point d'eau ; cela me rassura. La courbure de la proue avait affaibli le choc, elle ne pouvait être que déchirée.

Cet accident nous avait tous mis en émoi, sauf le naturel qui tenait la barre du gouvernail. — Il vous appelle, me dit José. Je me rendis auprès de lui. Il mit la main sur mon bras, puis la porta à sa bouche pour me recommander le silence, puis l'étendit vers bâbord. Je le compris, j'écoutai ; mais je n'entendais que le bruissement des flots et les claquements de notre voile contre le mât. Il me serra fortement le bras, et répéta ses signes; son oreille plus subtile que la mienne saisissait ce que je ne pouvais saisir. Je déchargeai mon fusil en l'air; quand le bruit se fut éteint dans le murmure de la mer, j'écoutai. Alors un bruit semblable à une plainte forcée arriva à mon oreille. J'élevai la voix, nous poussâmes tous des cris, et le même bruit nous répondit. Les naufragés n'étaient pas loin de nous. Sans briser avec violence à travers ces écueils, la mer était cependant trop forte pour tenter un passage qui peut-être n'existait pas; il fallait donc attendre le jour et le refoulement des flots. Mais l'idée que des malheureux mouraient de faim, sans doute à quelques brasses de nous, me torturait : José me proposa de descendre à l'eau, de passer d'un écueil à l'autre, et de leur porter un peu de nourriture. — Voyez, maître, ajouta-t-il, les pointes ne sont pas éloignées les unes les autres, et c'est là-bas, à cinquante brasses, qu'ils sont : o flot n'est pas assez violent pour me briser sur les rochers.

Un des naturels se proposa pour accompagner José; ils étaient tous les deux vigoureux et excellents nageurs; mais cependant je ne me rendais point. Une nouvelle plainte, mais plus déchirante, arriva jusqu'au pros. — Allez, dis-e, et puissiez-vous ne pas arriver trop tard !

Dans un instant ils eurent chacun une ceinture de cocos secs qu'ils haussèrent jusque sous les bras, et se jetèrent résolûment à l'eau. Je les suivais d'un œil inquiet, autant que me le permettait la demi-obscurité, et je les vis tantôt presque entiers hors de l'eau, et tantôt je ne voyais que leurs têtes. Ils avaient pris deux des bambous qui nous servaient de rames, et évitaient ainsi les chutes et les chocs.

J'anticipe sur le récit de José. Nos deux sauveurs atteignirent la petite masse culminante sur laquelle les naufragés s'étaient réfugiés, et trouvèrent deux corps étendus, les mains crispées et cramponnées aux aspérités du rocher. Ils vivaient encore, mais leur affaiblissement était tel qu'un seul put pousser un gémissement. José leur fit avaler quelques gouttes de vin, ce qui les ranima, et, selon mon ordre, il leur donna une toute petite quantité de chair de coco ; ensuite il poussa deux cris pour m'avertir qu'ils étaient arrivés et qu'ils avaient trouvé deux hommes en vie. Ce signal mit fin à une terrible inquiétude de mon esprit ; je m'étais déjà repenti d'avoir consenti à une entreprise téméraire. Le soleil parut tout-à-coup, et à travers une brume légère jetée comme un voile transparent sur la face de l'océan, je découvris mes deux compagnons ; mais, par un effet d'optique, ils me parurent d'une grandeur démesurée. Un instant après, je vis, mais assis, un des naufragés ; José me découvrit aussi, et fit, selon son habitude, des signes télégraphiques avec ses grands bras. L'océan n'avait plus que des ondulations douces, cadencées, comme caressantes. Le pros fut poussé en avant, mais il fallait s'arrêter ; il labourait le fond. Mes regards cherchèrent vainement un canal, ils ne découvrirent que des rochers pointus ou arrondis : nous étions engagés au milieu de ces constructions que des insectes imperceptibles élèvent silencieusement autour des rochers, sous les ébranlements des tempêtes, et qui en brise la fureur. Nous étions sur des rochers madréporiques. Le pros fut assujéti avec notre petite ancre ; je laissai l'insulaire à sa surveillance, et je me hasardai à travers cette forêt d'écueils. Le spectacle que je vis me tira des larmes des yeux. Deux hommes décharnés, le teint plombé, les yeux caves, se tenaient, l'un assis, l'autre couché, sur un rocher nu, d'une si petite étendue qu'à peine pouvions-nous nous y remuer librement. Sans les interroger, je leur fis encore administrer un peu de vin trempé d'eau, puis quelques bouchées de pain : l'appétit engourdi se réveilla, leurs yeux s'allumèrent de l'ardeur de la faim, et leurs mains saisirent les aliments ; mais je m'opposai à cette voracité dont la satisfaction eût été funeste, et ne leur donnai que de temps en temps l'alimentation que pouvait recevoir leur estomac resserré par les tortures de la faim. Les forces leur revenaient à vue d'œil. Je voulus leur faire prendre un bain de mer, reconnu fortifiant par plusieurs expériences faites en pareilles situations ; mais ils s'y opposèrent, et me dirent que leur camarade, plus vigoureux qu'eux, ayant voulu chercher des coquillages sur un rocher voisin, était descendu à la mer, où un animal sans forme, mais composé de longs bras, l'avait enlacé malgré ses cris, malgré sa résistance, et entraîné sous l'eau pour en faire sa proie. Je soupçonnai que cet animal était le poulpe géant. Ces pauvres malheureux étaient hors d'état de se rendre au pros ; pour les sauver, il fallait pourtant qu'ils s'y rendissent : la mer est inconstante ; une bourrasque pouvait nous éloigner de l'île, et nous mettre peut-être dans l'impossibilité de la rejoindre.

J'attendis encore quelques heures, afin qu'il leur revînt assez de force pour faire le trajet. Il se fit, grâce à la vigueur de José et à celle de l'insulaire, et nous sortîmes de ce labyrinthe d'écueils avant la nuit. Nous avions le vent debout ; la voile fut carguée et les rames mises en jeu. Quand les ténèbres couvrirent la mer, nous nagions dans une eau libre et profonde ; nous nous retirions et poussions en avant autant que le vent le permettait. Nos malades étaient tombés dans un sommeil profond, et ne s'éveillèrent que fort tard le jour suivant. L'un me parut âgé de vingt-huit à trente ans, et l'autre, le plus faible, avait déjà quelques cheveux blancs. Ils purent se lever avec aisance, et dem ndèrent de la nourriture. La partie animale de l'homme agit bien puissamment ; je remarquai les regards avides qu'ils jetaient sur la portion l'un de l'autre. L'homme tient plus à la brute que son orgueil ne veut le croire ; ses passions sont plus viles : la brute n'est point avare, elle ne songe point à amasser au-delà de ses besoins, elle n'est envieuse que de la nourriture pour le présent ; elle ne cherche point à détruire l'autre brute par ses piéges ; ses besoins satisfaits, elle reste en paix. — Plût à Dieu qu'il en fût ainsi de l'homme !

Notre retour calma bien des inquiétudes ; j'étais en réalité l'âme de notre petite communauté : si nous avions péri, la dame Van Broeken et sa fille seraient retombées dans leur première position, et presque sans espoir d'en sortir. La vigueur de nos deux nouveaux hôtes se rétablit promptement, et ils me furent d'un grand secours dans le projet que je n'avais jamais abandonné de tenter un retour en Europe. Ils étaient l'un charpentier à bord du navire naufragé, et l'autre, le plus âgé, un passager qui se rendait aux Indes pour y recueillir une succession.

Je voulais construire une embarcation capable de contenir des vivres pour six mois, et qui pût être manœuvrée par quatre hommes. Ce problème me paraissait quelquefois insoluble ; mais j'y revenais toujours avec cette obstination inhérente à ma nature. Le pros mesurait vingt-quatre pieds de longueur, six de largeur et deux de profondeur ; il était solidement construit, les avaries du dernier voyage n'étaient que des déchirures insignifiantes ; mais il ne pourrait pas soutenir un long voyage, contenir nos provisions d'eau surtout ; un coup de mer pourrait le remplir et le couler à fond. A force de mettre mon imagination à la torture, voici ce que je résolus de faire.

La bordure du pros était épaisse, j'y voulus enter une bordure supérieure, établir un plancher laissant deux pieds de cale, et donner à cette nouvelle bordure la hauteur de la proue et de la poupe. J'avais remarqué dans les forêts un arbre de dimension énorme, dont l'écorce me parut semblable à celle du chêne-liége; j'allai visiter cet arbre avec le charpentier. Son écorce était de la nature de celle du liége, mais beaucoup plus épaisse. Dès le jour suivant je fis écorcer plusieurs troncs, et en retirai des plaques fermes, élastiques, et d'une étonnante légèreté. — Voilà nos bordures supérieures, dis-je au charpentier; voilà notre plancher, les toitures de nos cabines : il ne s'agit plus que de les éprouver. Ces larges écorces furent entr'ouvertes, chargées de pierres, et laissées à toutes les ardeurs du soleil.

Au bout de quelques jours, ces écorces avaient acquis la dureté de la planche, tout en conservant leur élasticité; le plancher fut construit sur le pros, et je cherchai des troncs qui pussent fournir de vingt-sept à trente pieds d'écorce sans nœuds. Ce fut facile; un bois voisin était composé presque en entier de cette essence d'arbres. Le coco nous fournit l'étoupe pour le calfeutrage, et j'eus la joie de voir un navire d'un aspect singulier, à la vérité, mais en état de résister à la mer, flotter sous les murs du fort. Les cabines furent agrandies, et composées en entier de ces écorces.

Une autre idée, bizarre au premier abord, mais bonne à l'expérience, me fit composer de longs tubes avec les peaux des animaux que nous avions abattus pour notre consommation. Ils avaient un diamètre d'un pied, et étaient si justement cousus qu'ils pouvaient contenir de l'air quand ils étaient enflés. Imprégnés d'huile et d'un suc gommeux tiré des arbres, ils étaient souples et forts. Je les fixai solidement le long des flancs intérieurs du pros, laissant à chaque extrémité un tuyau pour injecter l'air et les gonfler. Non content de cette mesure, je voulus renfermer les provisions que nous emporterions dans des caisses de cette écorce; j'avais pu remarquer que les vers ne l'attaquaient point.

Une autre idée, plus bizarre peut-être encore, fit qu'avec la même écorce je construisis des espèces de cuirasses dans lesquelles le corps était au large, mais qui, outre l'avantage d'intercepter les rayons du soleil, avaient encore celui d'empêcher le corps de couler en cas de naufrage. J'étais lancé dans les inventions, et je ne m'arrêtai pas là : nos caisses reçurent la forme aiguë, la réunion de deux laissait un espace où une personne pouvait se tenir assise, ayant en avant et en arrière des provisions.

Je ne dormais plus; mon projet de départ, ignoré même de José, m'absorbait; mais quand je sondais bien les dispositions de mon âme, je trouvais que les dames Van Broeken m'inspiraient toutes ces précautions, car je voulais les ramener en leur pays.

La rame, en temps calme, exige des bras, nous en avions peu; elle est fatigante, et nous serions toujours tous employés. Nouveau problème à résoudre. Je fis établir pour essai, sur une des pirogues, un arbre transversal, dépassant le bord de huit pouces; j'armai ses extrémités de palettes plongeantes, et au milieu de l'arbre, au centre du pros, j'agençai un tour comme celui dont on se sert pour monter l'eau des puits.

L'essai dépassa mon espérance; la pirogue volait sur l'eau sans que l'homme moteur de la manivelle fatiguât plus qu'en maniant une rame. Ce qui se faisait pour la pirogue pouvait se faire pour le pros : nous nous mîmes à l'œuvre, et au moyen de palettes obliques nous parvînmes à donner à notre navire, car il méritait ce nom, une impulsion rapide et facile. J'étais aux anges ; mon secret allait m'échapper... heureusement que je fus assez maître de moi pour le garder.

Chaque jour je me rendais sur le pros, l'inspectais dans toutes ses parties, toutes ses jointures, et y faisais ajouter des moyens de sécurité. La voilure m'embarrassa un peu ; cependant je trouvai dans les tissus de quoi la composer solidement, et d'en avoir même de rechange.

Une toute petite embarcation en écorce, et pouvant contenir trois personnes, servit de couverture intérieure à la cabine de l'avant. Enfin je songeai à des filets pour la pêche, et à nous munir de tous les instruments nécessaires en fer ; ce que je pus faire facilement, en choisissant dans les tonneaux de quincaillerie. J'allongeai le gouvernail, et le rendis plus facile à mouvoir par le prolongement de sa barre. Je voulais embarquer quatre canons ; c'est ce qui me gêna le plus dans notre aménagement ; enfin je leur trouvai une place.

Je ne crois pas qu'un homme ait jamais déployé plus d'activité ; je ne vivais plus que de mon projet. Il fallut faire les provisions, et alors il fallut aussi m'ouvrir aux dames Van Broeken.

— Je m'en doutais, me dit la mère, et nos amis (elle désignait les naturels) s'en doutent et s'en affligent. Hier j'ai visité votre singulier navire, et, comme j'ai longtemps vécu sur mer, j'ai pu apprécier sa construction et la sécurité qu'il promet. Je vous suivrai en Europe ; ma fille est trop jeune pour rester dans cette île que nous regretterons peut-être, mais que je quitterai dans l'intérêt de mon unique enfant.

Cette résolution me transporta de joie; et comme je comptais sur l'attachement de José, je ne voyais plus d'obstacles à mon projet. Nous abattîmes un grand nombre de bœufs, les salâmes avec beaucoup de soin; tous nos grains furent réduits en farine grossière, entre deux meules de pierre, seul moulin que mon impatience me permit d'improviser. Il nous restait assez de vin et d'eau-de-vie pour la traversée; cinq grandes tortues vinrent augmenter nos provisions en chair, et bon nombre de larges fromages les complétèrent. Nous lestâmes le navire avec les sacs d'argent laissés dans le fort et celui que j'avais emporté du navire naufragé; enfin nous fourrâmes des fruits secs partout où il put en être logé. Les munitions de guerre contribuèrent aussi à former le lest. Nous étions en état de prendre la mer.

Pour me conformer aux intentions de la dame Van Broeken, j'emportai tout ce que le navire me permit d'emporter des objets laissés dans le fort par ses anciens possesseurs; et lorsque, la veille du départ, je réunis les naturels pour leur distribuer tout ce que nous devions laisser dans l'île, et leur déclarer qu'ils allaient être les possesseurs légitimes des habitations et du fort, ces braves gens restèrent dans un silence d'abattement. Enfin un d'eux le rompit, et s'adressant à la dame Van Broeken, qui nous servait d'interprète, il exprima leurs regrets causés par mon départ, la crainte que tant de richesse ne leur attirât des ennemis et ne causât leur ruine. Il me priait de leur envoyer un Père (c'est sous ce nom que la dame Van Broeken désignait un missionnaire), qu'ils prospère-raient sous sa direction, comme ils avaient prospéré sous la mienne; enfin ils me priaient de leur permettre de donner mon nom à l'île.

Je passe rapidement sur ces adieux qui m'émurent profondément, sur les conseils que je fis donner aux insulaires, et j'en viens au grand jour du départ. Ce jour fut signalé par une preuve d'attachement. Deux jeunes insulaires, du consentement de leurs familles, demandèrent à s'embarquer avec nous. Ils reviendraient, dirent-ils, avec le Père que je leur avais promis d'envoyer.

La nuit vint, le sommeil me fuyait. Je sortis et m'avançai dans l'île. Un calme profond l'enveloppait; des senteurs vivifiantes m'étaient apportées par une brise si légère qu'à peine les feuilles frémissaient. La tristesse s'empara de mon âme. « Ici, me dis-je, je puis vivre dans toute la liberté dont il est permis à l'homme de jouir, tandis que je cours en insensé reprendre les entraves de la société civilisée... Ici je puis satisfaire mes besoins, et me procurer même un superflu que je ne trouverai jamais en Europe... ici point de mensonges, point de calomnies, point de ruses, point de piéges... là-bas, en Europe, tout cela... un antagonisme incessant, l'ardeur de la possession, les moyens licites ou non licites de se la procurer, et je suis ici possesseur de plus d'étendue de terrain que n'en possèdent cent des plus riches propriétaires de l'opulente Angleterre... j'agis en insensé... » Et je marchais à pas saccadés, comme un homme travaillé par le remords. A son tour la voix de la patrie parla; les souvenirs s'élevèrent forts, puissants, irrésistibles : tout tableau de bonheur paisible s'effaça, et je rentrai pour chercher quelques heures de sommeil avant le moment d'un départ qui me parut arriver avec une lenteur désespérante. Voilà le cœur humain !... comment peut-on être heureux ?...

Je fus réveillé par les cris de José, qui se démenait à se

7

démancher les membres. Il se croyait le personnage important, parce que les naturels, pouvant correspondre avec
lui, l'entouraient pour lui répéter ce qu'ils m'avaient dit la
veille et ce qu'ils voulaient me dire encore.

La journée était belle comme les belles journées de ces
heureuses contrées, et quand je montai à bord les dames
hollandaises y étaient déjà installées dans la petite cabine
que je leur avais destinée.

Le navire sortit du port, se lança dans les hautes eaux,
filant avec une étonnante rapidité. Je jetai un regard d'a-
dieu à l'île... les naturels étaient debout sur un rocher, immobiles, nous suivant des yeux...

VI

L'homme n'est méchant que par besoin, que pour les contrariétés qui surgissent sous ses pas; il est méchant par les institutions qui l'emprisonnent dans l'exercice de sa liberté : mais il sortit bon des mains de Dieu, et s'il n'avait pas dévié des voies tracées par la Providence, il serait resté ce qu'il devait être. Voilà les réflexions que je faisais assis sur le bordage d'avant, les yeux fixés sur les lames que notre proue ouvrait sur son passage.

Si l'on tenait un registre exact des diverses opinions qui se succèdent dans l'esprit, il n'y a pas un homme qui n'eût de sa mobilité une pauvre et triste idée. Nous vivons sous les influences des milieux qui nous enveloppent, sous celles des contacts de nos passions avec les passions des autres. Nous sommes comme la boule lancée sur un chemin semé de pierres et d'ornières, sautant à droite, à gauche, tombant dans le fossé pour remonter sur le talus. Certes ce n'est pas là l'existence que Dieu réservait à la plus intelligente des créatures de ce globe sublunaire.

Je dirigeais, faute d'instruments mathématiques, notre course au hasard, cherchant les mers fréquentées. Nous devions nous trouver dans les mers de la Malaisie ; mais je craignais de m'y aventurer, à cause des pirates qui les infestent. Je pointai donc ouest-sud-ouest ; la hauteur du soleil me disait que nous devions être 8 à 10° de latitude sud. Un violent coup de vent me prouva la bonté de notre petit navire : plusieurs palettes furent rompues ; mais j'avais prévu ces accidents, et l'avarie fut aussitôt réparée. Durant cinq jours nous traversâmes les solitudes de l'océan sans découvrir une terre, une voile ; enfin, le sixième jour, des oiseaux qui ne s'éloignent jamais des terres à de grandes distances vinrent voltiger autour du navire. Cependant je ne découvrais point de terre dans les profondeurs de l'horizon ; j'examinai la direction que prirent ces oiseaux, et je pointai de ce côté. Le vent soufflait bon, la voile suffisait, nos travailleurs se reposèrent. Aux approches de la nuit nous eûmes la terre en vue ; çà et là nous découvrîmes des pointes de rochers. La voile fut serrée, et nous avançâmes avec précaution. Cette terre était habitée ; de nombreuses colonnes de fumée s'en élevèrent le soir. Nous abordâmes le matin une côte peu hospitalière · les naturels se montrèrent en armes sur le rivage, et plusieurs embarcations s'en détachèrent et vinrent faire des démonstrations belliqueuses jusque sous notre avant. Tout fut tenté pour les amener à des sentiments de paix, mais inutilement. Cependant nous avions besoin de renouveler notre eau ; dans cet espoir, nous restâmes à l'ancre toute la journée, répondant par un silence complet à toutes les démonstrations hostiles, et observant les points de la côte où pouvaient se décharger les cours d'eau. Les naturels allumèrent de grands feux sur le rivage ; leur nombre parut s'augmenter, et d'autres pirogues arriver de tous les points de l'île. Pour éviter d'en venir aux mains, je fis lever l'ancre pour aller chercher une autre partie de la côte où nous pussions faire de l'eau. Les insulaires poussèrent de grands cris, agitèrent leurs armes au-dessus de leurs têtes, et lancèrent une nuée de pirogues à la mer. Nous nagions doucement, la côte était semée d'écueils, ils nous atteignirent bientôt. J'eus un mouvement de colère dont je me repentis bientôt : je pointai un canon et envoyai un boulet dans cette masse de pirogues. Son effet fut terrible ; il passa à fleur d'eau, coula trois pirogues, et courut au-delà ricochant sur les flots. Ils cessèrent de nous poursuivre, et nous pûmes longer paisiblement la côte jusqu'à ce que nous eussions trouvé où faire de l'eau. Ces hommes avaient le teint presque noir, mais non les cheveux crépus ; leur taille était haute et forte.

Nos pêcheurs nous régalèrent de bons poissons frais, et nous reprîmes la mer. Le jour suivant nous découvrîmes une voile. Il paraît que notre étrange extérieur attira l'attention des marins de ce navire, car il se dirigea sur nous : c'était une frégate anglaise qui croisait dans ces parages. Le capitaine nous tira un coup de canon pour nous commander d'arriver : je le désirais, et je me rendis à son bord.

Il parlait français, ce capitaine : je lui fis un récit succinct de mes aventures. Il désira voir notre navire, qu'il visita en détail.

— Je devrais vous capturer, me dit-il, car la guerre est déclarée entre l'Angleterre et la France ; mais je ne le veux point. Vous êtes par 11° de latitude sud et par 81° de longitude est. Dirigez-vous sur l'Ile de France.

Je n'eus qu'à me louer des procédés de ce capitaine croiseur, qui me demanda la situation de notre île. Il échangea avec nous deux tonnes de biscuit contre nos fruits et une barrique de salaison fraîche. Une chose cependant me

blessa : je le vis sourire de pitié en examinant nos bordages
et notre voilure... j'en fus vengé le jour suivant. Il s'éleva
une mer tellement houleuse que notre navire dansait réellement sur les flots, puis les vents soufflèrent avec violence,
et un épouvantable orage éclata. Des lames énormes tombaient sur nous, et menaçaient de nous engloutir ; mais le
navire, après avoir cédé à leur violence, se redressait comme un oiseau des mers qui se fait un jeu de plonger sous les
flots. Plus d'une fois je crus que nous allions descendre
pour jamais dans l'abîme... tout craquait, l'eau nous inon-
dait ; mais le navire s'élevait toujours à la surface des flots
irrités. Cet orage dura la nuit entière ; et au point du jour,
en jetant les yeux sur les mers fumantes, j'aperçus la frégate anglaise à quelques milles de nous, mais presque
désemparée ; la voile de perroquet flottait seule. Elle tira le
canon de détresse, et je fis pointer sur eux. La tempête
les avait tellement maltraités que la frégate ne pouvait
plus obéir au gouvernail ; nombre d'hommes avaient été
emportés à la mer, ou blessés ou tués par la chute des
mâts. Ce fut à notre tour de nous enorgueillir de notre
navire ; mais nous gardâmes cet amour-propre pour nous,
et aidâmes l'Anglais à se réparer le mieux possible. Ce
n'est pas que nous eussions échappé sans avaries, mais
elles étaient de peu d'importance ; et quand nous accostâ-
mes l'Anglais, je puis dire que nous étions en bon état. Il
en fut étonné, et prit des notes et le plan de notre petit
navire.

Nous nous séparâmes dans les termes de la meilleure
amitié. Le capitaine me donna l'attestation du secours
qu'il avait reçu de nous, afin que nous ne fussions pas
molestés par les navires anglais que nous pourrions
rencontrer. Je sentis le prix de ces recommandations, car

déjà les Anglais infestaient l'empire des mers, et leurs capitaines n'avaient pas tous la politesse de celui que nous avions rencontré.

Aucun accident ne signala notre navigation jusqu'à l'Ile de France, que nous avions laissée un peu sur la droite, par erreur de route, et vers laquelle nous revînmes. Nous entrâmes dans le port, où la singularité de notre navire attira beaucoup de curieux.

Là nous nous débarrassâmes de tout ce qui pouvait se convertir en argent, car nous avions l'intention de prendre passage sur le premier navire qui nous offrirait les sécurités voulues, vu l'état de guerre entre la France et l'Angleterre.

Je fis là connaissance avec un prêtre français nommé Manjou, et je lui parlai de la petite peuplade de notre île. Il prit mon projet à cœur, et se remua si bien que quelques jours après il me fit répéter, en présence d'une nombreuse compagnie, tous les détails que je luis avais donnés sur mon île, et me fit la proposition d'acheter mon petit navire. Aucune proposition ne pouvait m'être plus agréable, puisqu'il se rendrait à l'île avec une trentaine d'engagés dans l'affaire, et y établirait une mission et une colonie française.

Cette affaire m'avait mis de belle humeur. Je courus tout joyeux l'annoncer aux dames Van Broeken, qui vivaient dans la retraite la plus complète ; j'étais le seul homme qu'elles reçussent. Jenny, habituée à une vie sauvage, se trouvait mal à l'aise dans la société ; cependant elle avait singulièrement modifié ses premières manières, et était devenue remarquable par sa douceur et sa retenue. Ces dames partagèrent ma satisfaction, et me prièrent de tout mettre en usage pour notre prompt retour en Europe.

Le séjour à l'Île de France ne leur offrait aucun agrément; puis ce n'était pas la terre natale.

M. Manjou, avec une ardeur, une activité incroyables, hâtait de son côté le départ de ce qu'il nommait sa colonie chrétienne; je le secondais de mon côté : ce départ était devenu l'affaire du jour. Je voulus visiter en détail notre petit navire, m'assurer qu'il n'avait point d'avaries graves, et veiller à l'aménagement de tout ce qu'on y entassait avec trop de précipitation. Cette entreprise m'intéressait au plus haut point; je me figurais la joie de nos bons amis de l'île en voyant arriver le Père que je leur avais promis, et des forces suffisantes pour les protéger. Les deux naturels qui nous avaient suivis s'attachèrent à la personne de M. Manjou, et se montrèrent si dociles que cet excellent homme pleura de joie quand ils lui eurent assuré qu'il trouverait même respect, même docilité dans le reste de la peuplade. Ils purent effectuer leur départ quelques jours avant le nôtre, qui eut lieu un jeudi matin.

Je veux en finir avec cette expédition partie pour notre île, quoique je n'aie su les détails que je vais donner que quelques années après; mais c'est ici leur place. Après une assez longue, mais heureuse traversée, M. Manjou arriva en vue de l'île; mais comme ils l'abordèrent du côté où j'avais établi ma première habitation, ils furent incertains, parce que les deux naturels ne reconnaissaient point cette côte. Leur incertitude cessa bientôt; une pirogue partit de la côte et vint au navire. Elle apportait une fâcheuse nouvelle. Un navire anglais, quinze jours après notre départ, entra dans le port, s'empara sans trouver de résistance du fort et de tout ce qu'il renfermait, et chassa les insulaires dans les terres. Ceux-ci avaient pris le parti de mettre entre eux et ces dominateurs la chaîne des montagnes qui faisait deux parties bien distinctes de l'île ; ils s'étaient établis dans mon ancienne habitation. A la vue de notre petit navire, l'espoir leur était revenu ; ils s'attendaient à notre retour, et parurent désolés de ne pas nous revoir ; mais la vue du Père, dont leurs deux compatriotes leur firent l'éloge, les calma. M. Manjou se résolut à s'établir sur ce point de l'île ; malheureusement ses compagnons ne montrèrent pas la même résignation, et proposèrent d'aller surprendre les Anglais et de les chasser de l'île ; cette proposition eut l'assentiment général, sauf celui du bon M. Manjou. On débarqua donc tout ce qui pouvait gêner, et on se prépara à la guerre.

Leur inexpérience leur fit entreprendre leur projet par la voie de la mer, au lieu de descendre en silence le long des pentes des montagnes, d'aborder le fort sans être découverts en se masquant des massifs d'arbres de la plaine, et tomber ensuite à l'improviste sur un ennemi envers lequel tout moyen était de bonne guerre ; tandis qu'en se présentant à l'entrée du port ils éveillaient les soupçons des Anglais, et se trouvaient exposés à l'artillerie du fort et du vaisseau. Des deux côtés le nombre des hommes était à peu près égal ; mais il y avait une inégalité sensible pour l'exercice du fusil et pour la situation des combattants. Le petit navire fut découvert dès qu'il eut franchi le promontoire du sud, et un coup de canon l'avertit de montrer son pavillon : il n'en avait point. L'Anglais lui envoya un boulet qui s'enfonça à vingt pas du navire. Ils auraient dû virer de bord et gagner le large ; c'est ce qu'ils ne firent point. Ils s'approchèrent de la côte la plus voisine, ce que le peu de tirant d'eau du navire leur permettait de faire, et tous, à l'exception de quatre hommes, sautèrent à terre. Nouvelle imprudence ! Guidés par deux naturels, ils marchèrent droit au fort. Les Anglais ne s'y attendaient point ; mais comme ils avaient envoyé un peloton de soldats pour observer les débarqués, les deux troupes se rencontrèrent subitement. Les Français les assaillirent avec fureur, en tuèrent quelques-uns, et mirent les autres en fuite. Enflés de ce succès, ils coururent au fort ; mais là les affaires changèrent de face. Ils y furent accueillis par des volées de canon, et laissèrent plusieurs morts sur la place. La raison leur commandait de battre en retraite, de retourner au navire, et de fuir... ils ne l'écoutèrent pas, et perdirent encore inutilement trois ou quatre hommes. La garnison anglaise fit une sortie en bon ordre, et les refoula avec nouvelle perte derrière les massifs, où la nuit les sauva. Pendant que ces événements s'exécutaient, le navire anglais sortait du port et nageait le long de la côte méridionale pour attaquer le navire. L'Anglais avait vingt-quatre canons bien servis ; il canonna durant quelques instants notre pauvre navire, qui ne pouvait leur répondre faute d'hommes et de gros canons : ce que voyant l'Anglais, il mit à l'eau ses deux embarcations, les chargea de monde, et les envoya prendre possession du navire où il n'y avait que quatre hommes. — Gagnez la terre, dit un mulâtre de l'Ile de France ; je veux avoir seul l'honneur de recevoir les Anglais. Les embarcations approchaient, il se retira dans la cabine de l'avant, alluma sa pipe, et écouta. Les Anglais, se défiant de ce silence, montèrent à l'abordage par bâbord et par tribord : le mulâtre ouvrit la porte de la cabine, les compta froidement, puis se baissa et vida sa pipe allumée sur une traînée de poudre... Une immense explosion déchira le pauvre petit navire, lança, tua, meurtrit horriblement les Anglais, et, chose miraculeuse, le mulâtre fut aussi lancé à la mer, où il tomba sans avoir d'autre mal qu'un violent étourdissement. Il revint à lui aussitôt, et, comme il était bon nageur, il parvint à la côte, et ce fut lui qui annonça aux colons la catastrophe du navire.

Les débris de l'expédition téméraire se réfugièrent dans les forêts, emportant leurs blessés ; les Anglais les y poursuivirent comme des bêtes fauves, et ce fut à grand'peine que trois purent franchir les montagnes et apporter cette triste nouvelle.

Pour en finir, les Anglais allèrent les attaquer dans mon habitation, s'emparèrent du missionnaire et des trois Français ; les insulaires s'étaient réfugiés dans les forêts. Ainsi une expédition qui pouvait avoir de grands résultats échoua par l'ardeur de l'inexpérience des colons, et les Anglais gagnèrent un lieu de relâche dans ces mers solitaires.

Je reviens à mon récit. Dès mon arrivée en Europe, au port de Brest, j'écrivis en Hollande au directeur de la Compagnie des Indes, et lui donnai tous les détails que je connaissais. Sa réponse nous combla de joie. Il disait que ce qui avait été laissé dans le fort de Lalou appartenait au commandant Strokeot, mort à Batavia sans héritiers... ainsi tout revenait à la veuve Van Broeken.

— Ceci est votre bien, me dit-elle : vous l'avez trouvé là où il restait inutile ; usez des biens que la bonté de Dieu vous envoie... vous les méritez.

— Madame, lui dis-je, ne vous offensez point de la demande que je vais vous faire : consentez à ce que Jenny partage mon nom et ma fortune.

Elle me regarda un instant en silence...

— Que Jenny consente à cette union, Monsieur, qu'elle y consente, et je mourrai en paix.

Jenny était la vérité même; jamais elle n'avait dissimulé une seule de ses pensées ; je priai sa mère de l'appeler.

— Jenny, lui dis-je, car je pouvais me permettre avec elle cette familiarité, j'ai demandé à votre mère... Je restai court ; mon émotion était trop vive... La mère finit ma phrase.

— Monsieur t'a demandée pour sa femme, mon enfant... y consens-tu ? Elle rougit, baissa les yeux ;. puis les fixant sur moi avec une ineffable candeur, elle me tendit la main, et me dit :

— Que la volonté de Dieu et de ma mère soit faite !...

Les formalités à remplir pour terminer notre mariage nous retinrent encore quelque temps à Brest, que nous quittâmes immédiatement après le mariage ; ma belle-mère et nous-mêmes, habitués aux latitudes brûlantes, souffrions beaucoup sous ce ciel humide et froid.

Je choisis le pays de Naples pour notre séjour, et nous nous mîmes en mesure de nous y rendre par la plus prochaine occasion. Les croisières anglaises rendaient le trajet par mer peu sûr ; nous prîmes la voie de terre et cheminâmes à petites journées ; j'étais bien aise de montrer à Jenny les progrès de la civilisation.

Pour que ce voyage se fît avec plus d'agrément pour Jenny, qui montrait une grande répugnance à s'arrêter dans les auberges, conservant toujours sa sauvage timidité, je fis construire une voiture longue, montée sur quatre roues, et ayant à l'arrière un petit appartement que je rendis aussi commode que je le pus. José, qui ne m'avait point quitté, et qui était regardé comme un des membres de la famille, s'adjoignit deux domestiques de son choix, car José était devenu une espèce d'intendant, et je fis pratiquer pour eux des espèces de hamacs bien abrités sous la voiture. Il joignit à ce personnel un grand et magnifique chien de Terre-Neuve qu'il couvait des yeux depuis son arrivée à Brest. Ainsi nous allions nous mettre en route, au nombre de quatre hommes bien armés, et appuyés par un cinquième défenseur qui n'avait que ses armes naturelles, mais redoutables. Nous nous dirigeâmes vers Paris. Jenny devait voir la capitale de la France, et j'étais fier de lui faire voir le peuple français là où les arts, les monuments, le montrent dans toute sa grandeur, dans tout son éclat.

— Mon Dieu, me disait-elle durant le voyage, que ces campagnes me paraissent tristes et brumeuses ! on dirait que ce n'est pas le soleil de notre île. Voyez donc comme ses rayons sont pâles ! où est la splendeur du firmament dans ce ciel gris toujours encombré de nuages ?

Je lui faisais remarquer les champs cultivés, les fermes éparses, les habitations élégantes, les châteaux qui s'offraient à nos regards ; elle me répondait :

— Tous ces objets nous distraient trop; ils me montrent partout la main de l'homme qui ne peut faire que de petites choses dont l'œil voit toujours les limites. Ces champs sont mal distribués, ces haies trop grêles; ces arbres rappellent trop que l'homme les a plantés, a dirigé leur croissance. Là-bas, là-bas, ajouta-t-elle avec animation, la main de Dieu se voyait partout; partout la grâce, la force, la splendeur de la végétation; partout la révélation d'une puissance infinie...

— Vous regrettez donc bien notre île, Jenny ?

— Non, me répondit-elle; je suis avec ma mère, avec vous ; je serai heureuse partout; mais, ajouta-t-elle en rougissant, si vous saviez les souvenirs qu'elle me rappelle, vous comprendriez **mes idées**, mes paroles et mes souvenirs.

Etonné de ce langage, je la priai de me les communiquer.

— Ce sont des enfantillages, me dit-elle en souriant, et pourtant ces souvenirs sont gravés dans mon cœur, et j'aime à les réveiller.

Après un instant d'embarras, elle reprit :

— Ma mère a su toutes mes pensées, sauf celles que je vais vous faire connaître aujourd'hui.

— Pourquoi ne les lui ai-je pas communiquées? je n'en sais rien; je les gardais pour moi seule comme un trésor qui faisait ma satisfaction intérieure, que je ne voulais pas dévoiler... il me paraissait tout à moi... Mais, en vérité, mon ami, vous rirez de moi, je le crains... c'est si peu de chose, que vous n'y trouverez pas un point digne de votre intérêt.

— J'attends, ma chère Jenny, lui dis-je en serrant ses mains dans les miennes; je serai ému de ce qui vous a émue; nos cœurs ne se sont-ils pas compris?

— Vous rappelez-vous, me demanda-t-elle, le jour où j'abordai au fort avec deux naturels? Ce jour-là, comme si j'avais perdu le souvenir de nos compatriotes les Hollandais, je vis en vous un homme d'une race différente des bons insulaires qui nous entouraient de tant de soins, différente surtout de celle de notre ami José, qui me semblait alors fort laid. Vos manières me plurent, mais je ne compris mes impressions que lorsque je fus de retour auprès de ma mère... Ami, ajouta-t-elle en portant ma main à son cœur, vous étiez déjà tout pour moi, et je ne me comprenais pas... je ne savais pas pourquoi je me rendais sur le ivage de l'îlot et restais des heures entières les yeux fixés sur votre demeure. Je fus heureuse lorsque le danger commun nous réunit tous autour de vous : je serais morte de douleur si je n'avais pas eu les yeux sur vous quand le canon grondait, quand les coups de fusil éclataient autour du fort et dans le fort... Ce jour-là, je me sentis cruelle ; j'aurais voulu que chaque balle lancée par mon fusil eût percé dix ennemis ; et cependant, mon ami, croyez-le bien, je ne me rendais pas compte de mes sensations ; mais je les caressais. Oh ! je les connus bien le jour où vous partîtes pour aller à la recherche des naufragés... Ma mère approuvait hautement votre humanité ; je l'approuvais aussi, mon ami ; et cependant je me rendis secrètement dans votre appartement, je tombai à genoux auprès de votre couche, et je m'écriai : « Je ne le verrai plus ! »

Nous tombâmes dans les bras l'un de l'autre, et nous pleurâmes ; mais ces larmes étaient bien douces.

— Ami, me dit Jenny, en attachant sur moi ses yeux humides, je dis ces mots-là, et je pleurai ; mais ces larmes étaient amères, et celles que je répands aujourd'hui sont douces : « Je ne le verrai plus ! » Cette exclamation me révéla l'état de mon cœur ; je sentis que je vous aimais de toute la puissance de mon âme. Voilà pourquoi je me rappelle toujours notre île ; voilà pourquoi aucun lieu n'éveillera en mon cœur des souvenirs aussi doux, aussi pénétrants. Elle se tut... mon bonheur me sembla supérieur à tous les bonheurs de la terre... j'avais une compagne pure, douce, aimante ; pas un souvenir désolant ne viendrait troubler mon âme : qu'avais-je de plus à demander au ciel !

A partir de ce jour, Jenny me devint plus chère ; je trouvais dans ses entretiens une source d'émotions douces, saintes comme son âme... mes pensées s'échangèrent contre ses pensées avec une puissance inexprimable. Quoique élevée au sein de la solitude, Jenny y avait reçu de sa mère une éducation sage, propre à développer les facultés de son esprit; sa conversation était pleine d'intérêt; le cœur l'inspirait toujours : elle s'oubliait pour moi, et j'étais heureux de m'oublier pour elle.

Paris, ses tumultes, ses mouvements, ses spectacles, la touchèrent peu.

— Que me font, me disait-elle, ces fourmillières d'hommes qui marchent, courent, se coudoient, se heurtent, se hâtent comme si leur vie était en danger? Que me font ces magasins où le calcul étale le luxe plutôt pour attirer l'attention que pour charmer les yeux? Ces monuments, ces statues, objets immobiles, se présentant toujours les mêmes, et n'ayant plus pour moi le lendemain l'attrait qu'ils ont eu la veille, je passe auprès d'eux sans avoir le désir de les regarder. Quant aux spectacles, je ferme les yeux pour ne pas voir ces loges, ces galeries, ce parterre, où chaque individu se pose, agit comme s'il était en scène et voulait se donner en spectacle au reste des autres spectateurs. Je ferme les yeux pour ne pas être distraite par toutes ces prétentions individuelles, et j'écoute la musique qui me charme, les chants qui me vont à l'âme... Tout ce clinquant, tous ces oripeaux, ces toilettes prétentieuses, couvrent le corps, mais n'en font point partie; le dernier misérable pourrait s'en parer... Allons aux champs, me disait-elle; allons-y, mon ami : un seul de tes regards, un seul attouchement de ta main, une promenade sous les arbres... oh ! je les préfère au tumulte de la vie... Vous me direz que je suis restée sauvage, mon ami; c'est qu'on ne peut s'aimer saintement et toujours que loin du monde.

Nous quittâmes Paris et prîmes la route du midi. Un ciel plus chaud, une végétation plus brillante, commencèrent à attirer l'attention de Jenny ; elle eut une conversation plus vive, plus piquante. Le climat lui convenait, les aspects du pays lui paraissaient plus attrayants. Quand nous rencontrions un site qui nous convenait, José arrêtait la voiture, étalait les provisions sous un arbre, et nous prenions notre repas en plein air, au milieu de nos gens, gais, heureux, causant à bâtons rompus, ou nous faisant remarquer l'un à l'autre les beautés de la perspective. José fut le seul que notre prospérité avait gâté ; il prenait des airs dignes et risibles envers les deux autres serviteurs, qui lui passaient ce faible ; car José savait se familiariser en vidant la bouteille, et José était notre maître-d'hôtel, notre factotum. José et le chien étaient inséparables ; on eût dit que ces deux êtres s'entendaient intimement : Brest, c'est le nom que José avait donné au chien, Brest marchait non derrière lui, mais à côté de lui ; la main de José reposait presque toujours sur la tête de Brest, et quand José s'asseyait, Brest s'étendait à côté de lui comme un camarade de lit. Il faut dire aussi que José avait préparé un hamac attenant au sien, où Brest allait se blottir quand José était couché ; mais on verra que Brest n'en veillait pas moins vigilamment sur le reste de la communauté.

L'aspect des Alpes impressionna vivement Jenny. — Ami, me cria-t-elle, voilà les œuvres de Dieu... c'est sa main seule qui a pu soulever ces hautes montagnes qui montent au-dessus des nues pour proclamer sa puissance infinie. Réunissez toutes vos villes, tous les monuments élevés par les hommes... mettez-les là en face des œuvres de Dieu.. mettez-les là, ces travaux de tant de générations, poursuivis à travers les siècles, et vous serez humilié de la faiblesse de l'homme, vous rirez de son orgueil, et vous direz :

Dieu seul est grand, puissant, infini... Que la vanité humaine s'humilie et l'adore !...

Les obstacles, les fatigues ne la rebutaient point ; elle marchait autant que ses forces le lui permettaient, et ne pouvait satisfaire son admiration. Toutes ses facultés s'étaient éveillées ; je fus étonné de la grandeur de ses idées, de la profondeur de ses pensées, et de la justesse de ses réflexions. Jenny m'avait caché, sous une enveloppe réservée et timide, ce qu'elle était, ce qu'elle valait ; la vue des œuvres de Dieu venait de me la révéler.

Je ne puis, sans interrompre encore ce récit, qui doit avoir des bornes, rappeler les mille petits incidents qui signalèrent notre passage des Alpes... j'ai hâte d'arriver en Italie. Quand du haut des montagnes glacées nous découvrîmes les riches plaines de l'Italie que baignait une atmosphère si douce, si pure, si resplendissante de lumière, nous poussâmes un cri de joie et d'admiration.

— Notre île, notre île est au pied de ces montagnes ! s'écria Jenny ; c'est presque son soleil, presque son éclat sur les campagnes, et la mer baigne aussi ses côtes, ses rochers brûlés du soleil. Oh ! descendons, ami ; nous serons heureux là !

De cruelles déceptions nous attendaient. On arrêtait notre voiture à chaque instant pour visiter nos papiers, on fouillait insolemment dans nos bagages, et il fallait payer pour ces vexations... Dans l'intérieur du pays, des nuées de mendiants nous assaillaient, nous poursuivaient de leurs supplications, et nous ne trouvions pas toujours un accueil gracieux dans les hôtelleries. Nous reprîmes notre manière de voyager, que nous avions abandonnée afin de nous mettre en contact avec les habitants de ces belles contrées.

Le reste de notre voyage se fit sans accident, et nous arrivâmes enfin à Naples.

Il n'y avait pas deux jours que nous y étions arrivés, quand Jenny me pria instamment de quitter cette ville de bris, de tumulte et de mouvement sans but. — La foule et les cris des rues m'effraient, je crois toujours que ces hommes vont se révolter; puis cette multitude de gens déguenillés côtoyant les habits somptueux, ces équipages luxueux, me font l'effet de l'excès de la misère en contact avec l'excès de la richesse. J'aime à admirer cette ville de loin; j'aime sa baie, ses îles, ses horizons; mais nous pouvons jouir de tous ces spectacles sans être assourdis par des cris.

J'allai trouver le banquier sur lequel j'avais un crédit ouvert, et le priai de m'indiquer une propriété rurale, sur les bords du golfe, où je pusse me retirer avec ma famille. Il m'indiqua un prince Orsini qui avait une magnifique résidence dans un des sites les plus délicieux; Jenny lui trouva trop d'apparence, trop de luxe.

— Je veux vivre pour vous, mon ami, me dit-elle; une habitation saine et commode, des jardins, des bois, c'est tout ce que je désire : je vivrais mal à l'aise dans ce palais; pour l'habiter convenablement, il faut toujours être entouré d'un cortége. Son goût sympathisait trop bien avec le mien pour ne pas approuver ses paroles. Nous nous mîmes en quête d'une habitation convenable à la vie que nous étions heureux de mener, et trouvâmes une ferme presque abandonnée, mais réunissant tout ce que nous désirions. Je la louai, puis l'achetai à fort bas prix. José fut chargé de nous procurer quatre serviteurs pour nos cultures, et de nous amener des ouvriers pour les réparation nécessaires.

José ne pensait pas comme nous au sujet de Naples ; il en était enchanté. Le bruit, les cris, ce tourbillon d'hommes, le charmaient.

— On peut, pour rien, me disait-il, faire filer dans sa gorge autant de bon macaroni que l'estomac en veut... C'est une bien belle et bien bonne ville que Naples, je vous l'assure, maître...

Habitué à une vie où la défiance avait été ma compagne assidue, je fis rétablir si solidement notre habitation, et l'entourai de tant d'obstacles, qu'elle était comme un petit fort. En cela, José et mes deux serviteurs français me secondèrent activement ; les deux derniers ne partageaient pas l'engouement de José. Notre habitation, assez vaste, avait un corps de ferme où je logeai mes cultivateurs ; mais le tout fut clos de murs et protégé par un fossé rempli d'une eau vive et courante. Jenny le fit peupler de poissons. Elle prit un goût singulier pour la basse-cour, et s'adjoignit une brune Calabraise d'une surprenante activité. Un colombier fut établi, et je me fis un bonheur de rechercher et d'acquérir les plus belles espèces. L'étable reçut aussi des habitants ; ma belle-mère fut heureuse d'avoir une laiterie à surveiller et à exploiter.

Les soins et la surveillance du jardin me tombèrent en partage. Jenny aimait les fleurs : mon parterre fut bientôt émaillé des plus belles, des plus précieuses. Ce furent mes deux serviteurs français qui firent les cultures du jardinage, et y excellèrent bientôt. A l'extrémité du jardin, sur un rocher d'où l'on découvrait la baie et la ville, je fis élever un joli pavillon, où je plaçai une bibliothèque choisie ; et c'est là que nous passions des journées entières dans une affection mutuelle et bien sentie. J'avais entrepris de faire l'éducation de Jenny, et j'aurais bien voulu qu'elle eût des dispositions pour la musique ; cette faculté manquait à toutes les autres qualités du cœur et de l'âme, quoiqu'elle aimât singulièrement la musique et le chant.

Sans autres rapports avec le dehors que des rapports de bienveillance et de politesse, nous vivions heureux ; José se répandait pour nous tous aux environs, et allait aussi souvent qu'il le pouvait à la ville, où il ne manquait jamais de faire filer le bon macaroni dans sa bouche, autant que l'estomac en voulait. Il eût été heureux, le brave José, s'il ne s'était point épris de notre Calabraise : elle était brune, très brune, il est vrai ; mais José était d'un superbe noir d'ébène ; et entre ces deux teintes on pouvait trouver tant de nuances que la Calabraise jugea le mariage impossible. Le pauvre José devint triste... il composa une complainte, et se plaignait de ce que le ciel avait donné des peaux différentes aux hommes, et ne leur avait pas donné des cœurs à l'unisson.

Je l'envoyai plus souvent à Naples pour le distraire ; mais son chagrin devait être bien profond, puisqu'il négligea le macaroni et revint triste. Jenny en fut touchée ; José n'était pas pour nous un serviteur : elle me pria d'aller à Naples, et de trouver pour le pauvre José une compagne mieux assortie que la Calabraise, qu'elle congédia avec un an de gages. Tout réussit au gré de ses désirs, et José, l'inconstant José, contracta mariage trois semaines après le départ de la Calabraise.

Voici la quinzième année que nous vivons de la vie la plus désirable. Mes cheveux sont parsemés de filets blancs, mais mon cœur n'a point senti les atteintes des années. Le ciel nous prive d'enfants, c'est la seule peine que nous éprouvons ; mais nous ne pouvons nous plaindre de la bonté de Dieu ; elle a plus que compensé les années de hasards, de souffrances et de fatigues par un bonheur aussi rare que de longue durée. Nous sommes tellement habitués à notre demeure, qu'il nous semble que nous l'avons toujours possédée, et que les autres souvenirs ne sont que des rêves.

C'est dans notre petit pavillon, ayant la mer et l'ancienne Parthénope en vue, que j'ai écrit cette longue narration. Jenny m'a quelquefois reproché doucement de l'avoir passée par trop sous silence dans la partie qui raconte les événements durant mon séjour dans l'île; mais elle a fini par comprendre que, si je l'avais fait figurer dans mon récit, j'aurais probablement négligé les autres faits pour ne m'occuper que d'elle, et elle n'a pu s'empêcher de sourire de ma retenue.

Nous finirons ici notre vie : Dieu le permette ; elle y est paisible : qu'il permette aussi que le petit garçon et la petite fille que nous venons d'adopter prennent pour nous des sentiments d'affection et de reconnaissance, et nous servent d'enfants jusqu'au terme de notre carrière !

TIMOR.

Chasse aux crocodiles. — Malais. — Chinois [1].

Nous levâmes l'ancre et fîmes voile vers Timor, une des plus grandes îles jetées sur les océans.

La première nuit de notre départ fut une nuit d'émotions et de travail; car, après avoir plusieurs fois talonné dans la baie, nous nous vîmes arrêtés tout-à-coup et forcés d'aller mouiller des ancres pour nous remettre à flot. Au point du jour nous reprîmes notre route, et tant que la côte fut en vue, elle se dessina avec ses étroites zones tranchées de craie blanche et de cinabre, pelée, morne, silencieuse, menaçante. M. Duperrey, un des officiers les plus instruits de notre marine, avait déjà puisé, dans une course périlleuse le long de la terre à travers mille difficultés, des documents précieux, et tracé une excellente carte des criques et des anses où les navires peuvent s'assurer un mouillage à côté de ce sol inhospitalier.

Nous longeâmes de nouveau la terre d'Édels, que nous avions saluée à notre arrivée et dont le morne aspect glace le cœur. Nous côtoyâmes l'île d'Irck-Hatighs jusqu'au cap

(1) Extrait du *Voyage autour du Monde*, par J. Arago.

de Lovilain, et nous laissâmes à notre droite les îles de Dorre et de Bernier, où se trouvent en familles assez nombreuses les kanguroos à bandes longitudinales, si jolis, si coquets, si lestes.

Jamais navigation plus paisible n'a été faite, même sous les zones tropicales ; nous étions doucement poussés, grand largue, par une brise fraîche et soutenue, et, pendant dix-sept jours que dura notre traversée jusqu'à Timor, les matelots, délassés et joyeux, n'eurent pas une seule voile à orienter.

Cependant à l'horizon toujours pur s'éleva une terre : c'était l'île Rottie, aux mamelons réguliers, couronnés d'une belle végétation ; puis se déroula aux yeux la riante Simao, véritable jardin, où la nature a semé ses plus riches trésors, où de larges allées naturelles ont tant de régularité qu'on les dirait tracées par la main des hommes ; puis encore Kéra, lieu de délices, séjour de prédilection des riches habitants de Timor, qui viennent aux sèches saisons de l'année y chercher dans de gracieux et bizarres kiosques le repos et la brise de la mer.

Enfin Timor se leva, Timor la sauvage, la torréfiée, avec ses imposantes montagnes de deux mille mètres de hauteur ; Timor, où deux pavillons européens sont hissés sur deux villes rivales, peuplées d'êtres farouches, obéissant parce qu'ils ne veulent pas commander, mais toujours prêts à la révolte afin qu'on les apaise par des caresses.

Koupang se dessina bientôt avec son temple chinois, planant sur une hauteur à gauche de la ville, et le fort Concordia à droite.

Nous mouillâmes à une demi-lieue de Koupang sur un excellent fond, abrités d'un côté par Simao, et de l'autre par les sommets de Timor, où, au-dessus des nuages, la végétation n'a rien perdu de ses belles couleurs.

La rade est sûre, large; les flots toujours tempérés; mais là aussi un nombre immense de crocodiles ont établi leur empire et vont chaque matin sécher leurs dures écailles au soleil ardent de la plage, sur laquelle ils font leurs repas des imprudents qui oublient un voisinage si dangereux.

Le fort Concordia, ai-je dit, est bâti sur une hauteur; cette hauteur est un roc de difficile accès. M. Thilmann, secrétaire du gouvernement, nous avait assuré que, bien souvent, la nuit, les crocodiles assoupis s'y reposaient de leurs courses gloutonnes, et pouvaient être tués par des balles bien dirigées. Armé d'un excellent fusil et suivi de mon ami Bérard et d'un matelot, je m'y rendais souvent pour tâcher d'atteindre quelqu'un de ces amphibies; mais deux fois seulement un crocodile poussa sa hideuse tête sur le roc et se retira comme s'il prévoyait le danger qui le menaçait. Lassé enfin de tant d'infructueuses courses, je demandai à M. Thilmann s'il ne pouvait pas m'indiquer un lieu où il me fût aisé de voir de près ces tyrans redoutables. — Allez à Boni, me dit-il, puisque vous êtes si curieux, et je vous réponds que vous serez satisfait. La partie fut fixée au lendemain; le grand canot du bord fit voile pour Boni. Nous étions neuf hommes bien armés, et nous avions pour guide un Malais qui se fit fort de ne pas nous laisser revenir à bord sans nous avoir donné pleine satisfaction.

Boni est à trois lieues de Koupang : c'est une plage sablonneuse, solitaire, de quatre cents pas de largeur, et bordée par de belles plantations de cocotiers et de tamariniers. La brise nous poussa par petites bouffées; mais enfin nous arrivâmes sans que la présence importune d'un crocodile autour de l'embarcation nous contraignît à faire usage des haches dont nous nous étions prudemment armés. Nous n'avions plus qu'un trajet d'une trentaine de toises à parcourir, quand le Malais, attentif, se leva, et nous montrant du doigt un corps noir étendu sur le sable :

— *Kaillou-méra, kaillou-méra*, nous dit-il.

Nous savions la signification de ce mot, et nous rebroussâmes chemin, afin que le bruissement des avirons ne réveillât pas l'amphibie. Nous prîmes terre, et armés de bons fusils dans lesquels chacun de nous avait glissé deux balles, nous marchâmes accroupis vers la bête monstrueuse, cachés par un monticule de sable.

Arrivés à quinze pas environ, nous fîmes halte. Bérard, le plus adroit tireur, devait viser à la tête, un autre au cou, un troisième un peu plus bas, ainsi de suite, et les quatre derniers au milieu du corps. Il nous paraissait impossible que le monstre nous échappât, et peu s'en fallut que nous ne chantassions notre triomphe avant l'attaque. Nos cœurs battaient de plaisir plus que de crainte; chacun se disposait à dire comme dans *Cendrillon :* « C'est moi qui ai tué la bête, » et nous délibérions en nous-mêmes sur le meilleur moyen d'emporter la lourde carcasse à bord. Quinze à dix-huit balles sur un ennemi dans le sommeil! la victoire ne pouvait être douteuse. Nous nous levons en même temps; Bérard compte à voix basse : une, deux, trois! tous les coups partent, la détonation est portée au loin par les échos.

Le crocodile se réveille, tourne tranquillement la tête à droite et à gauche, sans doute pour voir l'importun qui venait de troubler son repos, et s'en va doucement dans les flots, comme si l'on avait éternué à ses côtés.

Je ne vous dirai pas la triste figure que nous faisions; à peine osions-nous nous regarder en face, et pourtant nous

nous vantions sans pudeur d'avoir parfaitement visé. Celui dont le fusil avait raté fut le seul coupable : il aurait tué le monstre.

La place marquée par le crocodile sur le sable occupait une longueur de vingt-deux pieds. L'insolent ne voulut pas nous permettre de constater sa taille d'une façon plus précise. Cependant nous tenions à réparer notre échec, et le Malais nous indiquant du doigt une petite crique où nous devions trouver de nouveaux ennemis, nous poursuivîmes notre route.

Comme la chaleur était accablante et que pour arriver à l'endroit désigné nous avions à faire un grand circuit, nous résolûmes, afin d'abréger le trajet, de nous hasarder dans un petit marais d'un demi quart de lieue de largeur, en faisant la chaîne à l'aide de nos fusils, au bout desquels nous tenions notre baïonnette : c'était téméraire sans doute ; mais à quoi ne s'expose-t-on pas de gaieté de cœur pour fraterniser plus vite avec les crocodiles, et surtout pour éviter les rayons verticaux d'un soleil de plomb ! Hugues, mon domestique, ouvrait la marche en tremblant de tous ses membres, et nous le suivions hardiment sans que notre courage parvînt à le rassurer ; il faisait un effort d'héroïsme qu'il comprenait à peine et dont il ne se sera sans doute jamais vanté, car le brave, le pauvre et fidèle garçon était le type le plus pur de l'idiotisme avec une dose d'orgueil tout-à-fait bouffonne.

Hugues est à peine au milieu de la mare, qu'il pousse un cri lugubre et dit : — Crocodiles!... je suis mort!... Et le voilà barbotant dans la fange.

Qu'eussiez-vous fait à notre place? dites-le-moi ; mais point de vanterie... Vous auriez fait ce que nous fîmes tous. Surpris par ce cri d'effroi, nous laissâmes l'infortuné Hugues se tirer d'affaire comme il pourrait; et, jouant des mains et des pieds avec une vitesse inaccoutumée, nous regagnâmes notre première station. Toutefois, étonné de se sentir si longtemps intact, mon domestique se redressa, plongea le bras dans l'eau, et arracha du sol une racine parasite qui lui avait mordu le talon et le tenait encore emprisonné. Pâle, mais heureux, il arriva près de nous, et sans égard pour son maître, je crois qu'il l'appela poltron, cependant assez à voix basse pour n'être pas entendu. C'est la première et la seule fois de sa vie qu'il avait montré quelque logique.

Quand tout le monde a été lâche, tout le monde a été brave. L'armée de héros reprit son train de conquêtes et attaqua inutilement un autre crocodile beaucoup plus petit que le premier; mais cette fois du moins elle eut pour excuse l'énorme distance qui nous séparait.

Le lendemain de notre course à Boni, course si flatteuse pour notre vanité, j'eus un tout autre courage : celui d'avouer à M. Thilmann notre frayeur et notre maladresse.

— Vous avez tort, me répondit-il; vous avez été brave en essayant le passage de cette lagune où souvent les crocodiles vont se divertir; et quant à votre maladresse, il n'est pas probable que toutes vos balles aient frappé à côté du monstre. Qelques-unes auront atteint les écailles et glissé dessus comme sur une table de fer. Si les Malais n'avaient que des fusils à opposer aux crocodiles, ils les regarderaient encore comme les dieux tout-puissants de ces contrées, ou comme les gardiens fidèles des âmes de leurs premiers rajahs; mais la superstition qui leur faisait respecter ces hôtes dangereux n'a plus de force que sur certaines parties de la côte, habitées par des hommes féroces fuyant toute civilisation. A Koupang, lorsqu'un crocodile remonte la rivière et vient chercher pâture jusque dans les habitations, il y a lutte ardente entre lui et les Malais, et rarement le redoutable amphibie regagne son domaine de prédilection. Souvent même, lorsqu'un navire mouille dans notre rade et veut emporter la carcasse d'un de ces monstrueux animaux, j'ordonne une expédition à Boni, et l'on ne revient jamais à Koupang sans le cadavre d'un ennemi.

— Si je l'osais, dis-je à M. Thilmann, je vous demanderais quelques renseignements sur cette façon de combattre les crocodiles; ce doit être un spectacle bien curieux et bien terrible à la fois!

— Oh! qu'à cela ne tienne, me répondit-il; nous allons prendre le thé; je vous communiquerai les détails que vous me demandez, en présence de ma femme, qui me les fait raconter deux fois par semaine afin de se donner assez de courage pour être témoin, avant son départ de la colonie, d'un de ces combats où la vie de tant d'hommes est en jeu.

— Vous avez dû remarquer, poursuivit M. Thilmann, que dès qu'une idée superstitieuse a frappé un peuple, il en reste toujours quelque levain, alors même que la raison en a montré tout le ridicule. Les Malais ont longtemps adoré les crocodiles, et, de nos jours encore, un sentiment de frayeur religieuse se glisse dans leurs âmes, même au moment où ils préparent une expédition contre ces redoutables amphibies. Ce n'est que lorsqu'ils se trouvent en présence de leur ennemi ou que leur intérêt personnel les y oblige, qu'ils le combattent et redeviennent ce qu'ils sont, c'est-à-dire forts, audacieux, pleins d'adresse, indomptables.

Ils choisissent pour la lutte un endroit sec, égal, ouvert, où cependant par intervalles ils échelonnent quelques troncs d'arbres; puis ils se tiennent à l'écart, loin du rivage, cachés et silencieux. Sitôt que l'amphibie sort de la mer, les Malais s'éloignent doucement à quatre pattes, pour se rapprocher et l'attaquer plus tard en flanc, à l'aide de leurs crics et de leurs flèches empoisonnées. Un seul d'entre eux demeure isolé au centre du champ de bataille, pousse alors de sa voix, qu'il cherche à rendre flûtée, un gémissement douloureux, pareil à celui d'un enfant qui pleure. Le crocodile écoute d'abord attentif, et ne tarde pas à se diriger vers une proie qu'il croit facile. Le Malais, presque caché par le tronc d'arbre qu'il a choisi, se traîne sur le ventre jusqu'à une seconde station, tandis que ses compagnons se rapprochent et rétrécissent le cercle. Le cri plaintif recommence et le crocodile s'éloigne de plus en plus du rivage. Arrivé au dernier tronc d'arbre, le Malais agite sous ses pieds un tas de feuilles sèches, dont le frôlement empêche le crocodile d'entendre le bruit des pas de ceux qui le pressent déjà par derrière, et c'est au moment où la bête féroce se prépare à s'élancer sur sa victime, qu'un de ses ennemis se précipite sur son corps presque à califourchon. Le monstre ouvre la gueule; une énorme barre de fer y pénètre comme un frein, et tandis que cavalier et monture luttent avec ardeur, les autres Malais accourent, frappent l'amphibie de leurs armes empoisonnées et ne lui laissent guère le temps d'atteindre le rivage.

L'aspect d'un Malais vous frappe, vous impose, et sa physionomie sombre et féroce vous dit, avant que vous sachiez ses mœurs, tout ce qu'il y a de cruauté dans son âme vide de toute passion généreuse.

Le Malais de Timor est jaune, petit, musculeux, fort; sa chevelure est magnifique, et il la jette sur ses larges épaules de la façon la plus pittoresque. Ses yeux, un peu fendus à la chinoise, ont une expression satanique alors même que rien ne les occupe; son front est large, ses sourcils très-fournis, son nez légèrement épaté; quelques-uns l'ont aquilin et même à la Bourbon. Il a la bouche grande, les lèvres peu fortes; mais la hideuse habitude qu'il a contractée de fourrer entre la lèvre supérieure et la gencive une volumineuse pincée de tabac assaisonné de bétel et de noix d'arec saupoudrée de chaux vive, le défigure de la manière la plus dégoûtante. En effet, cette chique lui brûle la bouche, le force à saliver constamment, et cette salive n'est autre chose qu'une mousse onctueuse, rouge comme du sang. Cela fait mal à voir; cela vous donne des nausées.

Son costume est admirable; il se coiffe parfois à l'aide d'un chapeau tantôt long ou pointu, tantôt carré ou triangulaire, mais toujours d'une forme bizarre, artistement tressée avec la feuille souple de vacoi ou de quelque autre palmiste. Ce sont des colliers de feuilles, de fruits ou de pierres au cou, des bracelets aux poignets. Un manteau jeté sur ses épaules et toujours drapé comme si un peintre de goût en eût étudié les plis; une autre pièce d'étoffe fabriquée comme la première dans le pays, est nouée aux flancs, et descend négligemment sur la cuisse et au-dessous du genou. Ajoutez à cela un air martial, des poses toujours graves et menaçantes, un énorme fusil sur l'épaule, le cric bizarre et redoutable où flottent encore à la poignée triangulaire des touffes de crins ou de cheveux des victimes égorgées, et vous accepterez tout ce qu'on vous dira d'étrange de ces hommes de fer, moitié civilisés, moitié sauvages, dont la première passion est la vengeance.

La ville est divisée en deux parties à peu près égales par une espèce de rue assez large, bordée de vacois et de tamariniers. Ici sont les Malais dans des cases recouvertes de feuilles de cocotiers, et dont les murs très-serrés sont façonnés à l'aide d'arêtes de palmistes étroitement liées entre elles. Il n'y a dans ces maisons presque aucun meuble; les Malais ne couchent que sur des nattes.

Le quartier des Chinois est le plus opulent; un de nos riches magasins de chrysocale de second ordre a plus de prix que toutes les prétendues richesses entassées sur les comptoirs. Vous ne pouvez vous faire une idée de la fourberie de ces misérables brocanteurs patentés, assez adroits pour s'établir en maîtres partout où ils trouvent des niais à dévaliser. Lâches et fripons, ils reçoivent les corrections qu'on leur inflige avec une sorte de soumission qui fait l'éloge de leur mansuétude; mais ne vous laissez pas prendre à leur feinte humilité, car le pardon qu'ils implorent maintenant à deux genoux est une ruse nouvelle à l'aide de laquelle ils surprendront tout-à-l'heure votre bonne foi. Leur adresse à voler est inconcevable, et nos escrocs de premier mérite ne sont que des écoliers auprès d'eux. Cinq ou six Chinois vous entourent, vous montrent quelques-unes de ces bagatelles qu'ils façonnent avec tant de patience et de délicatesse; vous leur présentez à votre tour les objets que vous voulez troquer; et tandis que celui à qui vous parlez les examine avec attention, un autre vient vous frapper sur l'épaule et vous proposer un nouveau marché. Si vous tournez la tête un seul instant de son côté, votre marchandise est perdue. Bague, épingle, bouton ou dé est à peine tombé, qu'il est saisi par les doigts du pied de votre voisin; il passe sans que vous vous en apercoviez à un pied plus éloigné, et va enfin loin de vous se cacher sous une pierre ou sous une touffe épaisse de gazon. Après cela, frappez fort sur une joue ou sur une épaule : qu'importe au Chinois? il ne garde aucune rancune de semblables privautés. Quant à moi, qu'ils ont si lâchement et si souvent trompé, sans doute parce que je leur témoignais une confiance sans bornes, je vous assure que je ne suis pas en reste avec eux, et que je leur ai bien des fois appris ce que pesait une main européenne poussée par un besoin de correction.

Comme dans tous les pays où se sont établis ces riches mendiants, les Chinois de Koupang ont imposé des lois à leurs maîtres, et ils se sont donné un chef de leur nation pour les faire respecter.

Le commerce de Timor consiste en bois de sandal et en cire. Deux petits navires de trois cents tonneaux suffisent pour l'exportation de ces deux denrées, et l'on assure que depuis quelques temps les armateurs préfèrent aller jusqu'aux îles Sandwich, où le bois est d'une qualité supérieure et se vend beaucoup moins cher.

Les animaux sauvages de l'île sont les cerfs, les buffles, les sangliers et les singes; les animaux domestiques sont les chevaux, les chèvres, les chiens, les porcs, et surtout les coqs et les poules. Pour quelques épingles on peut acheter une belle volaille; un buffle coûte quatre piastres; pour un mauvais couteau, on se procure un petit cochon. En général, il est rare qu'un échange ne soit pas accepté lorsqu'on offre un objet de curiosité venu d'Europe. Dans toutes les campagnes, vous pourrez vous procurer des cocos, des mangues, des pamplemousses et une infinité d'autres fruits délicieux, si vous présentez quelques petits clous, des boutons ou une aiguille. Ces bagatelles sont la monnaie des voyageurs.

Il y a trois cents Chinois à Timor; parmi eux on compte un honnête homme, et encore est-ce, dit-on, une exagération de voyageur. Ils ont conservé ici leur costume national, et ils vivent avec autant de frugalité qu'à Macao ou à

Canton, c'est-à-dire qu'une tasse de thé, une poignée de riz et quelques petites pipes d'un tabac fort doux suffisent pour leur consommation quotidienne. A l'aide de deux baguettes d'ivoire qu'ils agitent avec une extrême vélocité, ils saisissent dans leur assiette les miettes les plus menues. On dirait des jongleurs à côté de leur table d'escamotage.

Nul peuple sur la terre n'a un caractère de physionomie plus particulier, plus uniforme. Rien ne ressemble plus à un Chinois de Canton qu'un Chinois de Pékin; rien ne ressemble plus à un Chinois de Koupang qu'un Chinois de paravent. Si vous avez vu un véritable paravent de Nankin, vous connaissez la Chine... à peu de chose près.

Ils ont la figure douce, ronde, les yeux petits, baissés vers le point lacrymal, le nez épaté, les lèvres grosses, la bouche très-peu allongée; ils se rasent la tête et ne gardent qu'une mèche qui, du sinciput, descend en queue sur le dos; leurs ongles ont quelquefois un pouce de longueur, et c'est chez eux de la coquetterie et du luxe que de les conserver propres et bien taillés. Ils sont fort délicats, ne marchent presque jamais. Un Européen, d'une force moyenne, ne devrait pas craindre de se mesurer avec cinq ou six de leurs plus vigoureux athlètes. Leur physionomie est au niveau de leur caractère : la dégradation est complète chez eux.

Ils font deux repas par jour, jamais avec leurs femmes. Lâches par naturel et par calcul, ils se sont déclarés neutres dans toutes les guerres que les Malais pourraient entreprendre.

Si dans leurs chétives maisons où tout est propre, original, bien ordonné, rien ne dénote le luxe, puisque les cloisons qui séparent les appartements sont en tiges de bambous étroitement serrées, il n'en est pas de même des fastueuses demeures qu'ils se sont données après la mort. Ici tout est grave, solennel; rien n'y accuse l'avarice ou la mesquinerie; on dirait une éclatante réparation faite à une vie de privations et de gêne. On a voulu que le cadavre fût à l'aise dans son éternelle couche, et les accessoires du lieu, qui vous apprennent que la douleur a duré plus d'un jour, vous disent aussi le respect du fils pour son père, ou la tendresse du père pour son fils.

Une description exacte d'un tombeau chinois est impossible; le dessin seul peut en reproduire l'élégance et le grandiose. C'est d'abord une pierre tumulaire haute de trois pieds au moins, quelquefois aussi de quatre, sur un pied d'épaisseur, debout, taillée avec grâce en ogive, encadrée dans des moulures fort soignées, et au milieu de laquelle est un écusson en marbre ou en granit, tantôt en relief, tantôt creusé, où sont gravés le nom et probablement les qualités morales de celui à qui est consacré le monument. Ces caractères sont noirs, rouges et le plus souvent en or. De chaque côté de cette pierre sépulcrale, au pied de laquelle s'élèvent deux gradins de marbre ou de stuc, s'échappent, à dix pas de distance l'un de l'autre, deux perrons hauts de quatre pieds au moins, descendant par échelons et venant se joindre, à l'aide d'une ellipse, à une trentaine de pas de la pierre principale et au niveau du sol. L'espace enfermé dans cette vaste courbe est admirablement pavé en dalles polies ou en mosaïques, et c'est dans cet enclos réservé que les Chinois, à genoux, viennent rendre un hommage de chaque jour à celui qui n'est plus. En arrière de la pierre tumulaire est un espace clos par un mur de stuc ou de maçonnerie, légèrement voûté, où repose le cadavre, et autour duquel poussent des fleurs et plantes odorantes; çà et là des arbres soigneusement taillés portent sur leurs branches des vêtements, des porcelaines et des cabas en feuilles de lataniers renfermant des offrandes faites à l'âme du mort. J'ai hâte d'ajouter que ces offrandes sont souvent renouvelées, au profit sans doute de quelque habile profanateur de ces lieux de repos consacrés au deuil et à la prière.

N'y a-t-il pas dans ce respect des Chinois pour les restes des morts un motif de pardon pour toutes les iniquités de leur vie de friponnerie et de paresse!

Tous les tombeaux chinois n'ont ni la même majesté, ni le même grandiose, ni la même richesse de détails; mais tous, jusqu'aux plus mesquins, ont cela de remarquable, que chaque jour de généreuses offrandes viennent les décorer, et que les crevasses et les dégâts occasionnés par les outrages du temps sont à l'instant réparés avec une inquiète et pieuse sollicitude; en sorte qu'il est vrai de dire que, chez ce peuple si bizarre dans ses goûts et dans ses mœurs, on pense d'autant plus à ses amis ou à ses parents qu'il y a longtemps qu'on les a perdus.

C'est surtout au lever du soleil que les Chinois vont prier à leur cimetière, c'est-à-dire aux plus belles heures de la journée. Est-ce que la chaleur ardente du jour étoufferait la piété dans leur âme? Est-ce qu'ils feraient à la fois de leur hommage de respect et d'adoration un délassement et une affaire de conscience? Je ne sais, mais, en vérité, il en coûte trop à ma sincérité de narrateur de juger favorablement ceux dont j'ai si attentivement étudié la vie parasite, pour que je ne leur garde pas une sorte de rancune de cette piété dont je viens de vous parler, et qui me semble un véritable contre-sens. O jaunes et fidèles sujets de Taokou-ang! je crains bien de n'avoir à louer chez vous aucun sentiment de noblesse ou de générosité! Vous êtes trop régulièrement avides et fripons avec les vivants pour que les morts aient le pouvoir de changer votre âme.

Cependant il faut achever. Je suivis un jour deux Chinois qui se rendaient au cimetière; en route, ils parlaient avec une extrême volubilité, et, contre leur usage, leurs gestes étaient rapides et multipliés. Arrivés en présence du champ de deuil, ils se turent, ralentirent leur marche et s'arrêtèrent ensuite dos à dos comme pour se recueillir; puis, côte à côte et d'un pas grave, ils s'avancèrent vers une tombe de moyenne grandeur, au bord de laquelle ils s'agenouillèrent pour prier. Ils restèrent un quart d'heure au moins dans cette humble posture, et, après s'être regardés de nouveau, ils se levèrent et allèrent, l'un derrière l'autre, baiser avec respect la pierre tumulaire. Cela fait, ils se regardèrent une troisième fois, frappèrent du pied en cadence, agitèrent convulsivement à droite et à gauche, et de haut en bas, leur tête chauve, et reprirent le chemin de la ville. Je les saluai en passant auprès d'eux; ils me rendirent froidement ma politesse, et semblèrent craindre que je n'eusse assisté à leur prière quotidienne.

Ce cimetière chinois, fort curieux et très-bien tenu, est situé sur une colline au sud de Koupang; et, à vrai dire, ces tombeaux sont les seuls édifices remarquables de toute l'île.

Les Malais n'ont pas de cimetière; les cadavres sont portés tantôt dans un champ de tabac, tantôt sur le haut de quelque monticule, et le plus souvent sur le bord d'un chemin. La place est marquée par un tas de petits cailloux que les pieds des passants ont bientôt dispersés.

Ils en usent envers les morts avec cet amour et cette tendresse qu'ils accordent aux vivrts, et je ne crois pas qu'un seul de ces hommes qui m'entourent chaque jour, et passent et repassent à mes côtés, ait jamais senti son cœur bondir d'amitié ou de reconnaissance.

La nourriture des Malais consiste en riz, poissons salés, buffles, poules, et quelques fruits; ils n'ont point d'heure fixe pour leurs repas, et les femmes ne mangent jamais avec eux, car elles sont traitées en véritables esclaves.

Les femmes malaises sont grandes, admirablement taillées; leur démarche a quelque chose de noble, d'imposant et d'indépendant qui leur sied à ravir, et on lit dans leur regard une fierté native dont on est soudainement frappé. Leur chevelure est de toute beauté, et rien n'égale les soins minutieux qu'elles lui donnent. Le matin, que vous assistiez ou non à leur toilette, elles se jettent à l'eau à quelques pas de la ville, inondent leur tête de cendres fines, les laissent à demi enlever par le courant, puis avec un citron ouvert, en guise de pommade ou d'essence, elles donnent un lustre éclatant aux cheveux, et à l'aide d'un immense peigne de bois, à trois ou quatre dents au plus, d'une forme courbe et originale, elles achèvent ce que l'eau, la cendre et le citron ont commencé. Nulle statue antique de Rome et d'Athènes n'est harmonieusement coiffée comme la moins habile des femmes de Timor.

Les rois de ces pays se disent insolemment les descendants des dieux et gouvernent en véritables despotes. Ils ont droit de vie et de mort. Dans un moment d'humeur querelleuse ou sur un simple caprice, ils font trancher la tête à qui leur déplaît, et le plus souvent ils la tranchent eux-mêmes sans autre forme de procès, sans que personne ose y trouver à redire. C'est un jeu pourtant qui pourrait avoir un jour de graves conséquences, surtout si le vent civilisateur d'Europe arrive plus pur jusqu'en ces climats.

Il est cependant à remarquer que, parmi ces princes si

farouches, si cruels, si sanguinaires, on en trouve parfois quelques-uns qui donnent des exemples de désintéressement et de dignité que l'on comprendrait à peine chez nous. Bao, par exemple, roi de Rottie, étant dans sa jeunesse d'un caractère violent et emporté, abdiqua volontairement la souveraineté en faveur de son frère, dans la crainte que de semblables penchants ne lui fissent commettre de grandes injustices. Mais voyez où le fanatisme et la stupidité peuvent entraîner la puissance :

Un jour que, dans un accès de violente colère, Bao venait de décapiter un de ses sujets, furieux et désespéré après l'exécution, il coupa à l'instant même la tête à deux de ses principaux et de ses plus chers officiers, « en expiation, dit-il, du crime atroce qu'il venait de commettre. » Bao, n'ayant pas été heureux dans le choix de son successeur, qui faisait trembler ses sujets sous son sceptre de fer, le gouverneur de Timor rétablit Bao, et depuis ce jour ce prince est parvenu à maîtriser les premiers penchants de son âme.

Appelé à Koupang pour fournir aux Hollandais son contingent de soldats dans la guerre qu'ils avaient à soutenir contre Louis, monarque révolté, il s'est vu forcé, pour cause de maladie, de confier le commandement de ses troupes à ses premiers officiers et d'attendre, inactif, le résultat de la lutte. On nous en avait fait de si pompeux éloges, que nous résolûmes de lui rendre nos hommages, espérant bien que nous recueillerions auprès de lui une foule de détails précieux sur les mœurs et les institutions des peuples soumis aux rajahs ses frères, comme on dit ici, ou aux rois ses cousins, comme on dirait en Europe.

Les visites aux princes se font ici sans cérémonie, sans introducteur, sans suisses, ni valets, ni maréchaux aux portes; on va chez eux comme chez un voisin; on cause, on se serre la main, on s'assied côte à côte et l'on se dit adieu. J'étais en veste de toile blanche et en chemise de matelot; le roi Bao pouvait bien se mettre à l'aise, et je ne lui en voulus pas de son négligé tout-à-fait sans façon.

Évalé-Tetti, roi de Dao, était avec le roi de Rottie. Ce dernier avait pour sceptre une canne de jonc à pomme d'or. Il est âgé de cinquante ans; il est grand, bien fait, et paraît jouir d'une vigoureuse santé. Ses traits respirent la bonté; son œil est doux, sa bouche petite et riante. Il est vêtu d'une espèce de manteau dans le genre de nos rideaux d'indienne à grandes fleurs en couleur. Sa ceinture est un cahen-slimout absolument conforme à celui de ses sujets; il avait les pieds et les jambes nus.

Le roi Évalé-Tetti est âgé d'une soixantaine d'années; il est escorté de quelques guerriers et d'un de ses grands officiers qu'on nous a dit être son premier ministre; ceux-ci ont l'air de deux sapajous et sont mis comme deux mendiants.

Les prêtres des Malais sont les devins ou augures. A Rottie ou à Timor, dans chaque ville, on en compte quatre dont le chef est le plus âgé. Ces prêtres lisent l'avenir dans les entrailles des victimes, et les poulets sont les animaux dont on se sert le plus fréquemment. Outre qu'ils coûtent moins que les porcs, les buffles ou les canards, qu'on interroge aussi quelquefois, ces prêtres sont plus exercés à lire dans ces sortes de vocabulaires et paraissent plus certains de ce qu'ils annoncent. On consulte les devins dans toutes les affaires importantes. lorsqu'il s'agit, par exemple, d'une déclaration de guerre, de fixer le jour d'une bataille, d'en connaître l'issue; ils désignent assez souvent le nombre d'ennemis qui seront tués et celui des prisonniers qu'on fera, et à l'exemple des augures grecs et romains, ils enveloppent toujours leurs prédictions dans une phrase à double sens. Les devins peuvent se marier, et leurs fonctions sont héréditaires. Ainsi, à la naissance d'un de leurs enfants, il n'y a pas de témérité à avancer que ce sera un jour *ur* fripon.

Lorsque le grand prêtre monte à cheval, l'usage des selles est défendu à tous ceux qui l'accompagnent. Ce cas excepté, l'interdiction des selles n'existe jamais, quoi qu'en disent certains voyageurs, et leur religion ne leur prescrit rien à cet égard. Mais rarement les Malais en font usage, et ils ne montent leurs chevaux qu'à poil et sans étrier, en les guidant par leurs cris ou à l'aide d'un petit frein.

Il existe dans chaque ville une maison sacree, nommée *Rouma-Pamali*. C'est à la fois la demeure du devin et le lieu où l'on dépose le trésor royal.

L'entrée en est interdite à tout le monde, à l'exception du rajah : c'est là qu'on apporte les têtes des prisonniers faits à la guerre, après en avoir retiré la cervelle. On les suspend ensuite à des arbres, mais de préférence auprès des tombeaux des rajahs vainqueurs. Digne trophée de ces peuples barbares, les têtes des ennemis morts au champ de bataille sont exposées pendant neuf jours dans le Rouma-Pamali, et pendant ce temps seulement le peuple a le droit de pénétrer dans cette demeure où se commettent tant de sacriléges. Lorsque le rajah meurt, il est porté au Rouma-Pamali, où il est exposé pendant quelques jours à la vénération du peuple.

Il paraît qu'il n'existe aucune cérémonie religieuse pour la consécration des mariages. Le prétendant fait au beau-père des présents relatifs à sa fortune et au prix qu'il attache à la possession de l'épouse qu'il vient demander.

Les enfants sont portés à leur naissance dans le Rouma-Pamali, où ils reçoivent rarement le nom de leurs parents.

La famille réunie chante à la mort d'un Malais pendant que son corps est exposé sur des nattes et qu'un esclave, armé d'un éventail de plumes de coq, éloigne les insectes de la figure du défunt.

Le corps, porté par les amis, est jeté dans une fosse où l'on dépose aussi quelques-uns des meubles qu'il affectionnait le plus; tout disparaît avec lui... jusqu'au souvenir. J'ai assisté à une de ces cérémonies funèbres, où cinq ou six personnes poussaient des cris lamentables. Je les ai trouvées, le lendemain, tranquilles comme si elles n'avaient rien à regretter.

Le sceptre des rajahs est héréditaire : c'est le frère aîné qui succède au gouvernement.

Lorsque tous les frères sont morts ou qu'il n'en a pas existé, le fils aîné du premier rajah ou l'aîné des frères est l'héritier de la couronne. Les femmes n'ont aucun droit à la succession au trône.

Les rajahs ont sous leurs ordres des officiers nommés toumoukouns, seuls dignitaires qui séparent le souverain de son peuple. Le nombre de ces officiers est relatif à la puissance du rajah. Celui de l'île de Dao en a sept; Bao, roi de Rottie, en a dix-huit.

Parmi les peuples appelés à défendre les Hollandais dans la guerre qu'ils ont à soutenir, on remarque les guerriers de Savu et de Solor, qui presque tous servent volontairement. Ceux de Solor surtout donnent dans les combats des exemples d'une cruauté repoussante. On assure que, dès qu'ils ont fait tomber un ennemi, ils se jettent sur lui et l'achèvent avec leurs dents. En général leurs combats sont très-meurtriers, et il suffit d'une bataille pour décider de l'issue de la campagne.

L'île est aujourd'hui un vaste théâtre de rapines, de meurtres et de cruautés. Le gouverneur hollandais Hazaart, ancien officier de marine, s'est, à la tête de dix mille hommes, campé dans l'intérieur pour s'opposer à la levée de boucliers du rajah Louis, dont on dit tant de merveilles.

Louis est chrétien, fils de Tobany, roi d'Amanoébang, pays situé à cinq jours de marche à l'est de Koupang, au milieu des possessions hollandaises. Il fut élevé dans la religion catholique, et las enfin des tributs onéreux que lui imposaient les Hollandais, il résolut de se déclarer libre et indépendant. Voilà dix ans qu'il parcourt Timor à la tête de sa redoutable armée, assujétissant les rois ses voisins, qui viennent tous à l'envi implorer le secours du résident.

Chef d'une poignée de soldats dévoués à ses intérêts, Louis d'Amanoébang paraît ne pas redouter les efforts de tant d'ennemis coalisés. Déjà il a su les forcer une fois à lui proposer une paix glorieuse, pendant laquelle sa protection et ses encouragements ont appelé dans ses Etats un grand nombre de personnes distinguées et d'ouvriers habiles qui, avec le goût des arts, y ont fait naître le commerce et l'industrie.

Déjà encore ses armes victorieuses l'ont conduit, il y a sept années, aux portes de Koupang, où il répandit la terreur après avoir brûlé quelques édifices et la maison même du gouverneur. Aujourd'hui qu'on a voulu lui imposer un joug honteux, il s'est de nouveau déclaré indépendant, et, à la tête d'une armée de six mille hommes, dont les deux tiers sont armés de fusils et montés sur des chevaux, il ose se flatter d'un succès qui peut affranchir cette colonie d'un pouvoir despotique et détrôner quatorze souverains.

Les armes de ses soldats sont des fusils, des massues, des sabres, des sagaies, des crics, une audace étonnante et le génie de leur chef.

Louis est adroit; il a déjà tenté heureusement de semer la désunion dans l'armée ennemie. Louis est affranchi de préjugés; il combattrait à l'ombre si les flèches de ses adversaires obscurcissaient le soleil. Louis est encouragé par ses premiers triomphes; il a déjà forcé les Hollandais à bâtir un fort à Dao, qu'il a jadis saccagé. Louis est prudent; il a fait construire dans ses États des fortifications qui étonneront les Hollandais et plus encore leurs alliés. Louis, en un mot, combat pour l'indépendance; quatorze rajahs combattent pour l'esclavage. Les soldats de Louis mourront auprès de leur chef : il est à craindre que les insulaires réunis sous le pavillon européen ne l'abandonnent avant de combattre, ou après le premier échec. Les guerriers de Louis lui sont attachés par la reconnaissance; la crainte seule a rallié les autres insulaires sous la domination hollandaise.

Les Anglais ont fait deux expéditions contre le roi Louis, la première en 1815 et la deuxième en 1816, sans pouvoir le vaincre. Il est grand, vif, impétueux; son courage étonnant, mais réfléchi; ses projets sont hardis, mais non impossibles; il récompense dignement le mérite et il punit cruellement toute désobéissance. Il ne manque peut-être à la gloire de cet homme extraordinaire qu'un historien qui dise ses exploits.

Rival redoutable, révéré des Timoriens, l'empereur Pierre, mort aujourd'hui à toute idée d'ambition, ne s'est point agité au choc des cris qui retentissent autour de ses domaines; et sur son lit de douleur, il attend paisiblement sa dernière heure.

C'était un nouveau monarque à visiter. Nous nous décidâmes promptement et nous nous mîmes gaiement en route.

La route, après avoir dépassé Koupang, est un sentier délicieux ombragé par une riche végétation, et bordé d'un côté par le lit d'un torrent qu'on passe souvent à gué. Après une heure de marche, peu à peu on s'élève et l'on gravit une petite colline au sommet de laquelle est le tombeau de Taybeno, ancien rajah de cette partie de l'île. Un arbre mort le dominait, et sur deux branches de cet arbre sont deux crânes de Malais, encore revêtus de leur belle chevelure. A la bonne heure, de pareils hommages rendus aux morts! Nous demandâmes à deux naturels qui nous accompagnaient depuis quelques instants la permission de les détacher de l'arbre : *Pamali,* nous répondirent-ils d'un air effrayé, et nous poursuivîmes notre route après avoir dessiné le tombeau, qui n'offre rien de remarquable.

Cependant nous arrivâmes bientôt sur le territoire de l'empereur. Des troupeaux de buffles, une végétation vigoureuse et quelques terres labourées nous donnèrent d'abord du souverain une idée avantageuse qui s'accrut encore lorsque nous arrivâmes auprès de sa demeure. Nous y fûmes introduits.

Son palais est une case en vacoi, goëmon, arêtes de palmistes, le tout lié fortement et recouvert de feuilles de latanier à plusieurs couches. Il se compose d'une seule pièce noire, profonde, ne recevant le jour que de la porte, qui est basse et très-étroite. Là, point de meubles, si ce n'est un coffre chinois orné de riches incrustations, dans lequel sont probablement enfermés les trésors du monarque; plus un

vaste fauteuil en bois d'ébène, bien travaillé, que je soupçonnai de fabrique japonaise. Çà et là, à terre, des nattes
tressées aux Philippines et plusieurs vases grossiers pour
la boisson et la nourriture. Une douzaine de fusils, une
vingtaine de crics et un grand nombre de piques et de sagaies tapissaient les murailles.

L'empereur était assis dans son fauteuil à bras. A notre
arrivée, il se leva à demi, nous tendit la main et nous présenta des nattes sur lesquelles nous nous accroupîmes. A
ses côtés étaient deux de ses principaux officiers, debout,
à l'air farouche, au regard menaçant, le fusil d'une main,
le cric de l'autre, drapés avec leur pittoresque cahen-slimout, et prêts sans doute à enlever nos têtes sur un signe
du chef. Mais celui-ci était trop courtois et trop bienveillant
pour en user avec cette familiarité. Un petit enfant de sept
à huit ans, absolument nu et taillé en athlète, s'appuyait
sur l'empereur : c'était son fils, à qui je m'empressai d'offrir
un étui, des aiguilles, un paquet d'épingles, des ciseaux et
un miroir. Il reçut mes cadeaux avec une grande joie et me
permit de l'embrasser : puis, le priant de rester immobile,
je fis son portrait ainsi que celui du monarque, et je leur
en donnai une copie, que l'un des deux Malais porta avec
soin sur le coffre chinois. En échange je reçus deux sagaies
et un cric magnifique, encore tout paré des touffes de cheveux des ennemis vaincus.

Pierre portait sur sa figure décharnée les caractères de la
décrépitude la plus avancée; on l'aurait cru centenaire,
quoiqu'il n'eût que soixante ans au plus; mais ici la nature
est si active, si puissante, qu'elle pousse bien vite les
hommes dans la tombe. Pierre tenait dans la main sa
canne à pomme d'or; il était coiffé d'un bonnet de coton
blanc, vêtu d'une robe de chambre à grands ramages et

sur ses flancs osseux flottait un cahen-slimout plus fin et plus beau que ceux que j'avais tant admirés à Koupang.

Notre visite fut courte : nous serrâmes affectueusement la main au patriarche de l'île, nous revîmes en passant ces belliqueux soldats dont l'allure guerrière est si imposante, et nous arrivâmes à Koupang, escortés par un violent orage auquel les solitudes que nous parcourions donnaient un caractère de lugubre majesté. La voix de la foudre dans le désert est à la fois chose terrible et solennelle : vous croiriez que c'est pour vous seul que jaillit l'éclair et que retentit la menace.

L'aspect général de Timor, dominant en souveraine ce groupe nombreux de petites îles qui l'entourent comme d'humbles tributaires, attriste et impose à la fois. Ce sont sur la plage de vastes réseaux de lataniers, de vacois, de cocotiers aux couronnes si élégantes et si flxibles; puis vient le rima ou arbre à pain, puis encore le pandanus, qui de chaque branche laisse tomber des jets nouveaux auxquels la terre donne de nouvelles racines, le pandanus qui à lui seul forme une forêt, et l'ébénier au sombre feuillage, et l'odorant sandal, dont les ciseaux et les burins chinois font de si admirables colifichets, et tous ces géants tropicaux se pressant sur ce sol vivace, auquel les volcans intérieurs ne peuvent arracher ni sa vigueur ni sa sève; et au sein de tant de richesses surgissent, comme des menaces de mort, d'immenses blocs de lave diversement colorée selon la nature des éruptions volcaniques : c'est la destruction à côté de la force, c'est la jeunesse à côté de la caducité, c'est la vie et le néant côte à côte, en lutte perpétuelle, sans être vaincus ni l'un ni l'autre, ou plutôt vainqueurs et vaincus tour à tour. Timor est sans contredit un des lieux de la terre où la botanique, la minéralogie, la zoologie, recueilleraient le plus de richesses.

Les Hollandais conquirent Koupang sur les Portugais, qui s'y étaient établis en 1688; les Anglais l'occupèrent par capitulation en 1797. Les rajahs se liguèrent de nouveau, les forcèrent à la retraite et dévorèrent ceux qui n'eurent pas le temps de s'embarquer. En 1810, les Anglais s'en emparèrent encore avec une frégate; mais, enhardis par le souvenir de leurs premiers succès, les naturels les obligèrent une seconde fois à se retirer, après avoir mis à leur tête le premier gouverneur de Koupang, qui dès lors avait le titre de résident. Après la prise de Java en 1811, les Anglais s'emparèrent pour la troisième fois de cette ville, qu'ils rendirent aux Hollandais en 1816, par suite de la paix générale de 1814

FIN.

Limoges. — Imp. E. ARDANT et Cⁱᵉ

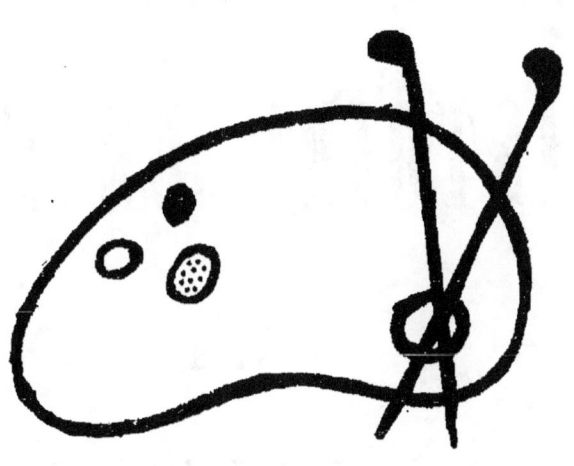

Original en couleur

NF Z 43-120-B

BRILLANTES ÉPOQUES

DE

L'HISTOIRE DE FRANCE

PAR

ALBERT GUILLEMOT

Ancien Élève de l'École normale, ex-Professeur d'Histoire au Lycée de
Limoges, Officier d'Académie.

LIMOGES

EUGÈNE ARDANT ET Cie, ÉDITEURS.